MÉMOIRES

D'UN FRANÇAIS.

III.

PARIS. — IMPRIMERIE DE CASIMIR,
RUE DE LA VIEILLE-MONNAIE, N° 12.

MÉMOIRES

D'UN FRANÇAIS,

PAR

LE BARON ALEX. DE THÉIS.

TOME TROISIÈME.

À PARIS,

CHEZ GRIMBERT, LIBRAIRE,

SUCCESSEUR DE MARADAN,

RUE DE SAVOIE, N° 14.

—

1825.

MÉMOIRES
D'UN FRANÇAIS.

TROISIÈME PARTIE.

———

Mon sort n'était plus le même; cette vie solitaire et mélancolique que j'avais menée si long - temps se trouvait changée tout à coup en une existence qui eût suffi à mon bonheur, si je n'eusse eu ni patrie ni parens. Je n'étais seul que par ma propre volonté, et je trouvais, dans cette famille aimable, plus de charmes que ne

m'en eût offert la société la plus
étendue. J'étais honoré, respecté des serviteurs ; Ladislas s'était
plu à les instruire du service que
je lui avais rendu ; tous s'effor-
çaient de montrer leur zèle pour
leur maître en s'empressant auprès de son libérateur, et plusieurs fois j'acceptai des services
qui m'étaient importuns, par la
seule crainte de mortifier ces
braves gens par un refus. Ce qui
se passait à cet égard, dans l'intérieur du château, se renouvela
avec plus d'éclat au dehors. Lorsque le retour du colonel eut été
répandu, des voisins, des amis,
quelques parens, accoururent de
divers points pour le féliciter ; il

proclama hautement ce qu'il me devait. Je fus accueilli, fêté, honoré de tous, et je fus souvent embarrassé des éloges qu'on me prodiguait pour une action que tout autre eût faite à ma place.

Lorsque je me trouvai seul avec le colonel, mon premier entretien eut pour objet les moyens de revoir mon cher pays, ou du moins, de correspondre avec ceux que j'y avais laissés. « Votre re- « tour dans vos foyers, dis-je, « me donne l'espoir de retour- « ner en France, et peut-être « m'accordera-t-on ce que vous « avez obtenu.—Il m'est pénible « de vous désabuser, répondit-

« il ; mais je n'ai rien obtenu ; et
« je dois ma liberté à une cir-
« constance particulière, qui ne
« peut influer en rien sur votre
« sort. J'étais retenu dans une
« petite ville de Prusse que les
« Français se hâtèrent d'évacuer
« à l'approche de notre armée ;
« ils m'emmenèrent à leur suite,
« dans une voiture commode,
« ayant à mes côtés un chirurgien
« chargé de veiller sur ma santé.
« Ma blessure me forçait à aller
« lentement, et à tenir la queue
« de la colonne, lorsqu'un parti
« de Cosaques m'enleva, avec un
« grand nombre de transports
« qui suivaient la troupe. Je ren-
« voyai le chirurgien dans cette

« même voiture, et je revins libre
« dans cette ville que je venais
« de quitter comme prisonnier.
« Vous savez le reste. En ce mo-
« ment, tout est en confusion en
« Allemagne ; les hostilités sont
« plus vives que jamais. Des deux
« côtés, on rassemble toutes ses
« forces, et on s'apprête à une
« campagne qui doit être déci-
« sive ; ce n'est pas le moment de
« parler d'échanges. » Je soupirai
douloureusement. « Les moyens
« de correspondre directement
« avec votre pays, poursuivit-
« il, seraient peut-être aussi
« difficiles ; mais d'autres voies
« nous sont encore ouvertes ;
« et il est possible de faire

« parvenir , par l'Angleterre ,
« vos lettres à votre famille. »
Un peu soulagé par cette ouver-
ture, j'écrivis sur-le-champ, en
indiquant les moyens de me répondre ; et, dès le lendemain,
mes dépêches partirent pour
Saint-Pétersbourg.

Plus tranquille dès ce moment,
je m'abandonnai sans efforts à
tout ce que ma nouvelle situation
offrait de consolant. Le vieux
comte , toujours retenu par sa
goutte, était le point central de
cette maison. Soit qu'il fût seul ,
soit qu'il fût avec ses enfans j'é-
tais reçu de lui avec cet empressement aimable d'un homme qui
aime à être entouré. Un grand

usage du monde, une longue habitude des hautes affaires, rendaient sa conversation pleine d'intérêt. Il avait vu plusieurs cours; il connaissait très-bien la sienne, et il était parfaitement instruit de ces causes secrètes qui en avaient amené les événemens les plus remarquables. Désenchanté sur tout ce qui fait le charme de la vie, comme un homme qui avait abusé de tout, il se croyait supérieur à l'humanité, parce qu'il n'était plus susceptible de faiblesses; et il pensait être un sage, tandis qu'il n'était qu'un vieillard malade.

Le colonel, actif, ardent, passionné en toute chose, répandait partout le mouvement autour de lui. Quoique languissant encore, il donnait l'impulsion à tout; et les nombreux serviteurs dont il était entouré pouvaient suffire à peine à l'exécution des ordres qu'il donnait de son fauteuil. Quoiqu'il aimât tendrement sa femme, et qu'il parlât avec chaleur du bonheur qu'il goûtait près d'elle, il était facile de juger que le théâtre sur lequel il se trouvait placé, pour le moment, était trop resserré pour lui. On eût dit que l'agitation était son état naturel, et que le bonheur tranquille ne fût pour cette âme ardente qu'un état de langueur.

La jeune dame avait un caractère à elle. Douée d'un cœur très-tendre et d'un esprit ferme, elle était susceptible des sentimens les plus exaltés, et capable de la conduite la plus soutenue. L'autorité d'un père, l'influence d'un époux bien plus puissante encore, n'auraient pu lui faire faire une démarche qui ne s'accordât pas avec sa pensée. Jamais le comte n'avait pu obtenir qu'elle me traitât avec moins de dureté, lorsqu'elle pensait voir en moi un ennemi ; aucune puissance humaine ne l'eût empêchée de me donner des marques d'amitié quand elle fut détrompée. Calme dans ses jugemens, passionnée dans ses affections, sincère jus-

qu'à l'imprudence, on trouvait
tour à tour en elle, le sage con-
seiller, la femme faible et l'amie
de tous les momens. Une éducation solitaire, source de toute qua-
lité énergique, lui faisait voir en
pitié ces faveurs d'un moment,
que son père regrettait encore,
que son mari ambitionnait en secret; et elle n'aspirait qu'à vivre
dans le calme, près d'un être
qu'elle adorait. Quoiqu'elle se
trouvât heureuse en ce moment,
une légère teinte de mélancolie,
empreinte sur tous ses traits,
montrait assez qu'elle craignait
de cesser de l'être, et une sorte
d'inquiétude vague donnait à sa
beauté un caractère céleste. Sou-

vent, je la voyais attristée par un
mot léger qui semblait annoncer
dans son mari des projets qu'elle
ne voyait qu'avec terreur. J'eus
lieu surtout d'en faire la remar-
que lorsqu'il arrivait des papiers
publics. Le vieux comte lisait
tout haut ce qui avait rapport
aux armées, et par complaisance
pour moi, il traduisait, tout en
les lisant, ces nouvelles en français. Un jour qu'il lut ainsi l'annonce d'une grande promotion
d'officiers-généraux dans l'armée
russe, le colonel se levant avec
vivacité : « Malheureuse desti-
« née ! » s'écria-t-il en se frappant le front. Le comte se tut ;
sa fille baissa la tête ; ses regards

étaient fixés sur une gazette qu'elle
ne lisait pas : je vis une larme s'é-
chapper de sa paupière ; et cette
âme délicate, blessée dans sa pensée la plus chère, semblait craindre encore de montrer sa douleur.
Son mari en fut ému. « Cathe-
« rine, dit-il en lui tendant la
« main, n'aimerais-tu donc pas
« mieux me savoir bien portant
« à l'armée, que de me voir lan-
« guissant à tes côtés ? — Je ne
« choisis pas, répondit - elle,
« entre deux situations qu'il n'est
« pas en mon pouvoir d'échan-
« ger ; mais quand je jouis à peine
« du bonheur de vous avoir au-
« près de moi, mon seul désir
« est que vous y restiez. » Il lui

serra la main avec tendresse; puis
tirant de son sein ce même portrait que je connaissais si bien :
« Dis, ma chère, crois-tu que
« celui qui aimait mieux périr
« que d'abandonner ton image,
« puisse jamais renoncer à toi?
« Pardonne, ma bien-aimée, par-
« donne à un ancien soldat qui
« chérit encore la gloire, et qui
« t'aime avec une même ardeur.
« — Eh quoi! dit-elle en levant
« les yeux au ciel, deux passions
« dans un même cœur! ah !
« je n'en comprendrai jamais
« qu'une. »
Telles étaient les trois personnes avec lesquelles je vivais dans
une intimité de tous les momens.

Je n'ai bien connu qu'elles seules,
dans cette immense Russie, peu-
plée d'un si grand nombre de
personnages élevés ; et m'effor-
çant d'éviter la faute où tombent
tant de voyageurs, je me garderai bien de faire une application
de leurs divers caractères à la
généralité de leurs compatriotes.
Il faut avoir tout vu pour juger
de tout ; et il y aurait de la témérité à prononcer sur un peuple
dont on a connu seulement quelques individus.

Pendant le jour, par une sorte
de convention tacite, l'un de
nous restait au salon, près du
comte ; les autres suivaient en
toute liberté leurs goûts et leurs

habitudes, et le soir était le moment de la réunion générale. Après quelques instans d'une conversation toujours facile et agréable, on faisait une lecture à haute voix. On commençait par discuter sur l'ouvrage que l'on devait choisir; et chacun donnait à connaître son caractère, par la nature de son choix. Le vieux comte voulait des mémoires historiques, des anecdotes de cour, des relations d'ambassades, et autres ouvrages de ce genre; le colonel aimait les voyages périlleux, les récits de hautes entreprises, les grandes catastrophes. La jeune dame, toujours occupée d'une même pensée, inclinait pour ces

ouvrages d'une philosophie douce, qui montrent les vaines gran-
deurs dans leur triste nudité, et
qui placent le vrai bonheur dans
l'exercice des vertus aimables.
Touché du motif secret qui la di-
rigeait, et que je pénétrais sans
peine, moi-même j'éclairais son
choix. Plusieurs fois, pour prix
de mes efforts, j'eus la satisfaction de voir le jeune époux sourire à l'image de ces plaisirs tranquilles, et jurer à sa femme que
jamais il n'en chercherait d'autres.

Ces protestations, dictées par
l'émotion d'un moment, étaient
loin de rassurer la jeune épouse;
et quelque douceur qu'elle trou-

vât dans la situation du moment, l'avenir ne se montrait à sa vive imagination que sous les couleurs les plus sombres. Peut-être eût-elle mieux captivé son mari en partageant ou feignant de partager son ardeur pour la vaine gloire; mais elle était tendre, et toute âme tendre est sincère. Je devinais sans peine les mouvemens dont elle était agitée; elle ne tarda pas à s'en apercevoir, et ramenant tout à sa pensée unique, elle se plut à m'y faire participer.

Un jour que nous étions tous deux près de son père qui reposait en ce moment : « Monsieur, « dit-elle à voix basse, j'ai une « grâce importante à vous de-

3.   2

« mander. — Que dites - vous ?
« m'écriai-je, une grâce à moi,
« à moi à qui vous en avez tant
« accordé ! Ah! donnez-moi des
« ordres, et je serai heureux de
« les suivre — Eh bien, ajouta-
« t-elle, cessez, dans vos entre-
« tiens avec mon mari, de reve-
« nir sans cesse sur un objet que
« je n'envisage qu'avec terreur.
« Vous êtes militaires tous deux,
« je le sais; une pente naturelle
« vous ramène l'un et l'autre à
« vos premières habitudes; mais
« au nom du ciel, faites quel-
« que effort sur vous - même, et
« détournez insensiblement ses
« pensées sur des sujets plus
« doux; il en sentira mieux le

« bonheur de son intérieur, et
« vous aurez soulagé mon cœur
« d'un poids que je ne puis plus
« supporter. » Je le promis, je
fis plus, je tins parole. Sans que
le mari pût s'en apercevoir, je
secondai la femme par des efforts
soutenus. Elle m'en sut gré, et
une confiance plus parfaite s'établit peu à peu entre elle et moi.

Cependant, mon compagnon
d'infortune se rétablissait rapidement; quoique sa blessure fût
plus dangereuse encore que la
mienne, elle avait été mieux trai-
tée, et je pouvais à peine me
traîner lentement, que déjà il
montait à cheval, et essayait ses
forces par de légères courses dans

le voisinage. Bientôt il ordonna
des chasses qui devinrent chaque
jour plus éloignées. A ces premiers
essais, succédèrent des démarches plus sérieuses : il assemblait
ses paysans, il leur faisait prendre les armes, faire l'exercice,
tirer au blanc ; il les passait en
revue, et par ces simulacres de
guerre, il semblait se préparer à de
véritables combats. Enfin, il ré-
solut de se montrer à la cour, et
ce fut à moi qu'il en fit la confi-
dence. Il ne voulait, disait-il,
que se présenter à l'empereur
Alexandre, avant qu'il partît de
nouveau pour commander ses
armées, lui rappeler ses services,
et se préparer pour l'avenir une

récompense honorable. Je m'a-
larmai de cette disposition, et ne
doutant pas qu'il ne cherchât, dès
ce moment, à tenter la faveur du
souverain, je m'efforçai de le détourner de ce projet. Vainement
je lui peignis, des plus vives couleurs, le désespoir de sa femme,
la position de son père, les promesses qu'il avait faites à tous
deux. Vainement je rappelai le
danger auquel il était à peine
échappé, cette amitié sincère que
tant de fois il m'avait jurée; je
ne le persuadai pas. Ainsi qu'il
arrive si souvent en tels cas, il
avait pris son parti, lorsqu'il
semblait hésiter encore; et par
une marque de confiance que j'é-

tais loin de désirer, il me supplia
d'instruire sa femme de cette détermination. Je m'y refusai long-
temps; enfin, vaincu pas ses im-
portunités : « Eh bien! dis-je
« avec chaleur, vous l'exigez, je
« ne résiste plus; mais sachez
« que loin de vous justifier, je
« serai votre accusateur près de
« celle que vous aller désespérer.
« — Bon, bon, dit-il en sou-
« riant, préservez-moi seulement
« du premier choc, et nous ver-
« rons à nous en tirer pour le
« reste. » Cette légèreté me fit
peine, je ne le lui cachai pas;
mais entraîné par son idée dominante, il ne parut même pas s'en
apercevoir.

La commission qui m'était donnée m'était si pénible, que j'en différai l'exécution pendant une semaine entière. Enfin, pressé, tourmenté par le mari, je promis de saisir la première occasion qui se présenterait, et lui-même s'empressa de la faire naître. Il partit pour une grande chasse, en nous recommandant d'aller au devant de lui, à son retour, jusqu'aux premières barrières, afin, disait-il, que nous profitassions, comme lui, d'un beau jour de printemps. En effet, à l'heure indiquée, je partis avec la dame, qui voulut bien régler son pas sur le mien. Nous nous reposions de place en place. Elle

prenait plaisir à cueillir toutes
les fleurs qui s'offraient à sa vue,
elle voulait en savoir le nom, et
toujours elle me demandait si
elles croissaient également en
France. Jamais je ne l'avais vue
d'une gaîté plus vive et plus
aimable. Nous étions alors aux
premiers jours du mois de mai.
La nature, si long-temps engour-
die, se réveillait avec éclat ; des
insectes de toute couleur s'agi-
taient dans les airs comme sur la
terre ; tout bourdonnait, tout
fleurissait autour de nous. Ma
jeune compagne jouissait avec
une sorte de recueillement de ce
brillant spectacle, et je m'attris-
tais à l'idée de troubler cette joie

innocentes par des communications fâcheuses. Elle s'aperçut
bien vite que je ne partageais pas
son émotion, ou plutôt que la
mienne était d'une autre nature.
« Eh quoi! dit-elle avec viva-
« cité, regretterez-vous toujours
« votre ciel de France?—Non,
« répondis-je, une autre pensée
« m'occupe en ce moment. —
« Dites, dites-la-moi cette pen-
« sée, je veux la savoir. — Je
« songeais à cette multitude
« d'hommes qui, se laissant em-
« porter par l'ambition ou égarer
« par la légèreté, renoncent à ce
« bonheur paisible dont nous
« jouissons en cet instant, pour
« courir après des chimères. » Elle

3.   3

me regarda fixement. Je conti-
nuai : « L'expérience seule peut
« les guérir ; et bientôt fatigués
« de vaines illusions, ils revien-
« nent à la vérité, après un léger
« détour. — Que signifie ce lan-
« gage? vous vous taisez... Qu'y
« a-t-il donc ? parlez, parlez , je
« vous en supplie ; votre silence
« me ferait plus de mal que l'an-
« nonce la plus funeste. » J'hé-
sitai long-temps; enfin, vaincu
par ses vives instances, je lui dis
tout. Elle se mit à pleurer amèrement. Je m'efforçai en vain de
la consoler, en lui présentant
ce voyage comme une absence
de quelques semaines. « Non,
« non, vous-même ne le croyez

« pas. Eh quoi! après tant de
« jours passés dans la douleur,
« je jouis à peine d'un éclair de
« félicité, et déjà le cruel me dé-
« laisse! Je vous le demande : que
« va-t-il faire à la cour? rappeler
« ses blessures, faire valoir ses
« services, et s'efforcer d'obtenir
« ce qui doit faire mon malheur.
« — S'il faut l'en croire, répon-
« dis-je, son seul but serait de
« s'assurer, pour l'avenir, une
« perspective honorable, sans
« prétendre à quoi que ce soit
« pour le moment. — Il vous
« trompe, et cherche à me trom-
« per. — Eh bien, prenez une
« résolution énergique : accom-
« pagnez-le dans ce voyage. Té-

« moin constant de toutes ses
« démarches, secondez-les si
« elles s'accordent avec vos vues;
« détruisez-en l'effet lorsqu'elles
« s'en éloignent, et travaillez au
« bonheur de tous deux. Il vous
« en coûtera, sans doute, de
« vous éloigner de votre digne
« père. Je tâcherai de vous rem-
« placer, près de lui, pendant
« une absence qui ne saurait être
« de longue durée, et peut-être
« acceptera-t-il mes services.

« —Ami généreux, s'écria-t-elle
« en me tendant la main, quoi!
« j'ai pu voir en vous un ennemi!
« Oh! combien vous me rendez
« confuse! » Comme elle achevait ces mots, nous vîmes pa-

raître le colonel, qui mit pied à
terre pour venir à notre rencontre. Dès le premier abord, il me
regarda avec attention, cherchant
à lire dans mes regards si j'avais
enfin parlé. Il ne resta pas long-
temps dans le doute. « Eh bien !
« dit la dame, votre ami vient
« de m'apprendre votre résolu-
« tion ; je ne peux que l'approu-
« ver, et...» Il l'interrompit vi-
viment : « Quoi ! Catherine,
« tu serais assez généreuse pour
« consentir... — Oui, je consens
« à tout ; à mon tour, j'ai une
« grâce à vous demander : puis-
« je espérer que vous ne me la
« refuserez pas? — Ah ! deman-
« de, exige ce que tu voudras,

« j'accorde tout. — Eh bien,
« souffrez que je sois votre com-
« pagne de voyage. » Il resta étonné. « Mais, la route est longue,
« elle peut te paraître fatigante.
« — Elle le sera pour moi moins
« que pour vous. — Et ton père?
« — Votre ami nous remplacera
« près de lui. — Oh! je n'en
« doute pas; mais j'aurais désiré
« partir dès demain. — Aujour-
« d'hui même si vous le voulez. »
Il la regardait avec embarras.
« Catinka (1), je suis touché de
« cette marque de tendresse;
« mais dois-je consentir à un si

_____

(1) Diminutif de Catherine, en langue
russe.

« grand sacrifice? — Non, ce
« n'est pas un sacrifice. Suivre
« vos pas en tout lieu, partager
« vos peines, adoucir vos souf-
« frances, voilà mon premier
« devoir, mon unique pensée,
« je n'en aurai jamais d'autre.
« — Femme aimable ! ah ! c'est
« toi, toi seule qu'on devrait
« suivre. Pourquoi n'es-tu pas
« née dans des temps plus heu-
« reux ! »

En ce moment, nous rentrâmes au château. Rendus près du
comte, la dame lui fit part, en
peu de mots, du projet de son
mari, et de sa résolution de le
suivre. Il parut surpris et attristé.
« Mes enfans, dit-il après un mo-

« ment de silence, vous êtes maî-
« tres de vos actions, je ne veux
« ni ne dois m'opposer à rien ;
« mais, je l'avoue, j'étais loin de
« m'attendre à ce prompt dé-
« part. » Et il leva les yeux au ciel,
avec les marques d'une vive douleur. La jeune femme regardait
alternativement son père et son
mari ; sa poitrine était gonflée, et
tout en elle exprimait une émotion
excessive ; tandis que ce mari expo-
sait, avec embarras, des raisons
dont lui-même sentait la faiblesse.
Quelle que fût la confiance que
l'on m'avait montrée jusqu'à ce
jour, je sentis que ma présence
était déplacée dans une discus-
sion de famille, et je me retirai.

Une heure s'était à peine écoulée, que le colonel entra dans mon appartement. « Mon cher Char-
« les, dit-il, vous voyez en moi
« le plus malheureux des hom-
« mes. — Quoi ! m'écriai-je ,
« vous, jeune, riche, revêtu d'un
« grade éminent, vous époux de
« la plus aimable des femmes ,
« vous êtes malheureux ! où donc
« trouvera-t-on le bonheur? —
« Oui, cette épouse, ce grade ,
« font en ce moment mon déses-
« poir. J'aime ma femme, je
« l'aime avec tendresse; je ne
« supporte pas l'idée de me sé-
« parer d'elle; et par une inconsé-
« quence que je ne saurais m'ex-
« pliquer, je gémis de mener ici

« une vie oisive , quand toute
« ma patrie est en armes. — Ah !
« dis-je , votre sang a coulé pour
« cette patrie ; elle vous permet,
« elle vous ordonne le repos , et
« vous vous devez maintenant à
« un être qui ne vit que pour
« vous, qui périra loin de vous.
« Mais vous ne vouliez, me di-
« siez-vous, que faire une courte
« absence; vous me cachiez donc
« une partie de vos projets? —
« Oui, je vous abusais, je m'a-
« busais moi-même. Mais puis-
« je voir avec tranquillité mes
« compagnons d'armes voler à
« de nouveaux combats, cueillir
« de nouveaux lauriers, en par-
« tager les nobles fruits, tandis

« que moi, oublié, ignoré......

« non, je ne supporte pas cette

« pensée, et je m'abandonne à

« la pente qui m'entraîne. J'ai

« voulu préparer Catherine à un

« plus grand éloignement, elle

« m'a deviné, et elle s'apprête à

« me suivre. Elle quitte son vieux

« père, renonce à ses habitudes,

« me sacrifie ses goûts ; je suis

« touché de tant de dévouement,

« et je m'afflige de sa résolution.

« Que dois-je en attendre en effet ?

« quel est son but ? je ne le devine

« que trop, et je suis brisé entre

« deux sentimens opposés. Mais

« le sort en est jeté. Nous par-

« tons demain ; c'est à vous de

« consoler le comte de l'éloigne-

« ment de son enfant chéri. »
Espérant que le temps pourrait
amener quelque circonstance inattendue, je l'engageai à différer de
quelques jours. Mais, en ce pays,
tout désir est véhément, toute
exécution est rapide. Il ne m'é-
couta même pas, et à l'instant
il alla donner des ordres pour le
voyage.

A l'heure du dîner, je revins
au salon; la famille y était réunie.
Le vieillard me tendit la main :
« Monsieur, me dit-il, jusqu'à
« ce moment, votre société m'a
« été agréable, elle va me deve-
« nir nécessaire; me permettez-
« vous d'y compter?—Oui, oui,
« dis-je vivement, je ne vous

« quitte plus. Tous deux nous
« avons besoin de consolations,
« puissions-nous en trouver l'un
« près de l'autre ! » La jeune
dame me regarda avec attendrissement. « Hélas ! dit-elle, il est
« donc écrit que dans tous nos
« malheurs, vous serez notre
« ange tutélaire. Vous avez sauvé
« l'un, vous êtes le soutien des
« autres, et tous vous aiment
« également. »

La soirée fut triste ; on se retira
de bonne heure pour se préparer
aux fatigues du lendemain, et
nous laissâmes à ses réflexions,
le comte, dont la tristesse n'était
que trop visible.

Je me levai de grand matin :

tout était en mouvement dans le
château. Les voitures étaient
chargées, déjà les chevaux étaient
attelés, et j'allais me rendre près
des deux époux pour leur dire un
dernier adieu, lorsqu'un valet,
entrant d'un air effaré, me fit
entendre par signes qu'on m'ap-
pelait près du comte, qui était
mourant. Alarmé à cette annonce
que je ne comprenais qu'à moitié, je courus en toute hâte à son
appartement. J'aperçus, en entrant, la jeune dame qui fondait
en larmes près de son père. A côté
d'eux, était le colonel, debout,
immobile, et paraissant plongé
dans une méditation profonde.
Vivement ému à ce spectacle,

j'osais à peine hasarder une question à laquelle personne n'était
en état de répondre ; enfin, Julie,
la femme de chambre française,
m'apprit que depuis deux heures
le comte était entre la vie et la
mort. Après une nuit très-agitée,
la goutte lui était remontée tout
à coup sur l'estomac, et on craignait à chaque instant qu'il n'ex-
pirât dans les bras de ses enfans.
On lui fit tous les remèdes d'u-
sage ; long-temps ils furent sans
effet. Enfin il ouvrit les yeux, et
promenant lentement ses regards
autour de lui : « Catherine, dit-il
« d'une voix éteinte, je te croyais
« partie, je suis heureux de te
« voir encore une fois. — Non,

« non, dit le colonel en s'appro-
« chant, elle ne partira pas, et
« moi-même je resterais près de
« vous si mon voyage n'était
« déjà annoncé. » La dame regarda fixement son mari, puis
relevant la tête avec dignité, elle
confirma nettement la parole
qu'il venait de donner en son
nom, et tous parurent tranquilles.

D'après l'entretien que j'avais
eu la veille avec le colonel, je
n'avais pas été surpris qu'il eût
profité de la conjoncture pour se
tirer d'embarras; mais la prompte
adhésion de la dame m'étonna.
Je la connaissais assez pour n'être
pas trompé par ce calme appa-

rent, au moment d'une détermination si décisive ; l'altération de
ses traits, sa parole tremblante,
ne montraient que trop l'excès
de son émotion. Son âme vive et
fière s'était révoltée subitement
contre un sentiment qu'elle cessait de croire partagé ; et serrant
avec force la blessure dont son
cœur était déchiré, elle ne per-
mettait pas qu'elle saignât au
dehors.

Le départ du colonel fut différé
d'un jour. Pendant cet intervalle,
le vieillard se remit par degrés,
de cette vive atteinte ; le soir, il
était presque dans son état habi=
tuel, et il ne lui restait qu'une
faiblesse extrême. Cette situation,

3. 4

qui ne pouvait donner aucune
inquiétude, me faisait espérer
que la jeune dame reviendrait à
sa première pensée. Mon attente
fut pleinement trompée. Elle ne
dit pas une seule parole qui y
eût rapport. J'essayai à plusieurs
reprises de la ramener sur ce sujet par quelques mots détournés ;
elle ne les entendit pas, ou ne
voulut pas les entendre. Elle se
montra, pendant toute cette journée, triste sans faiblesse, froide
sans dédain ; et elle recevait, avec
un regard de pitié, ces marques
d'attention qu'un mari embarrassé et confus s'efforçait de lui
prodiguer. Malgré la peine que
je ressentais, je ne pus me dé-

fendre de sourire en le voyant hésiter sur l'exécution, dès l'instant que toute opposition eût cessé. Mais, trop avancé pour reculer, il suivit sa première direction. Le moment du départ arrivé, il embrassa sa femme avec de vives démonstrations de tendresse; elle répondit franchement à ses caresses, et il s'éloigna avec rapidité.

A peine il eut disparu à nos yeux, que ce courage d'un moment s'évanouit, et je ne vis plus que la femme faible. Je fus effrayé de l'excès de sa douleur. « Venez, « dis-je en la prenant par la main; « venez près d'un père, c'est le « refuge de toute fille malheu-

« reuse. » Aussitôt qu'il l'eut
aperçue, étendant vers elle ses
bras affaiblis : « Quoi ! mon en-
« fant, tu restes avec moi ! Ah !
« puisse le ciel te récompenser
« d'un si grand sacrifice! » Rappelant tout à coup sa première
énergie : « Non, non, dit-elle
« d'une voix ferme, ce n'est pas
« un sacrifice. J'eusse volé près
« de mon mari en danger, je
« reste près de mon père ma-
« lade. » Il la serra contre son sein
avec attendrissement. « Ma fille,
« ma chère fille, nous voilà
« dans une position semblable à
« celle où nous nous trouvions
« il y a quelques mois ; mais ton
« mari existe, et nous avons un

« ami de plus. Oui, monsieur,
« vous êtes notre ami; associé à
« nos peines comme à nos plai-
« sirs, initié dans tous nos inté-
« rêts de famille, nous n'avons
« plus de secrets pour vous. Les
« peines de cette jeune femme,
« celles même qu'elle craindrait
« d'avouer vous sont connues.
« Elle trouvera quelque soulage-
« ment à en parler devant vous
« sans contrainte. » Elle confirma,
par un regard obligeant, ce qu'a-
vait dit son père. En effet, dès
ce moment, la confiance la plus
parfaite s'établit entre nous; un
entretien plein de liberté adoucit
peu à peu les impressions trop
vives de cette journée, et le

soir vint sans trop de lenteur.

Un nouvel ordre s'établit na-
turellement dans cette maison où
j'avais vu de si grands changemens
en peu de temps. D'abord, som-
bre et désolée, le retour inespéré
du jeune maître y avait répandu
tout à coup le mouvement et la
vie. Maintenant, tout y était plus
calme que triste ; et chacun y
suivait, en toute liberté, sa pente
naturelle. J'écoutais avec complaisance, même avec plaisir,
les récits du vieux comte, et par
l'effet d'une disposition plus naturelle encore, je m'abandonnais,
près de sa fille, aux charmes d'un
entretien toujours plus aimable.
Ramenée sans cesse à son idée

principale, elle revenait à chaque
instant sur ce départ qu'elle s'o-
piniâtrait à regarder comme un
abandon; et elle faisait tous ses
efforts pour m'en faire convenir.
« Non, non, disais-je, votre
« tendresse même vous égare, et
« vous jugez à toute rigueur
« celui qui, en ce moment, doit
« être plus à plaindre que vous.
« Eh quoi! oubliez-vous donc
« que le ciel, en donnant à la
« femme l'homme pour appui,
« leur a nécessairement départi
« des qualités et des obligations
« différentes. Il a voulu que l'é-
« poux fût le défenseur de la
« femme, qu'il se sacrifiât sans
« hésiter, pour sa sûreté; il ne

« peut remplir ces devoirs qu'en
« s'éloignant d'elle, et cette sé-
« paration momentanée est en-
« core une preuve de son amour.
« — Eh! reprit-elle vivement,
« où est maintenant ce danger si
« pressant qui l'appelle au de-
« -hors? J'admets qu'au moment
« de l'invasion ce fut pour lui un
« devoir de voler à la défense de
« son souverain, de son pays, à
« celle de sa famille; mais cette
« circonstance n'existe plus; la
« Russie est délivrée, et il ne se
« doit plus qu'à moi seule qui
« suis toute à lui. — Vous vous
« trompez encore, interrompis-
« je; jamais on n'est quitte envers
« sa patrie; après s'être sacrifié

« pour sa sûreté, on s'expose
« encore pour sa gloire, et la dé-
« termination qu'a prise votre
« mari n'est que la conséquence
« rigoureuse de ce qu'il a déjà
« fait. » Elle fit un geste d'impatience; puis, après s'être tue un
moment : « Je ne vous ferai
« qu'une seule question : dans la
« situation où nous sommes tous
« maintenant, seriez-vous capa-
« ble d'un tel abandon? » Cette
demande inattendue me troubla;
elle me pressa plus vivement;
mais bientôt remis d'une première émotion : « En toute cir-
« constance, dis-je, nous agis-
« sons tous d'après nos propres
« sensations; nous comprenons

« mal celles des autres, et nous
« n'avons pas le droit de blâmer
« leurs démarches. J'ignore ce
« que je ferais si j'étais à la place
« de votre mari ; ce que je sens
« seulement, c'est que je n'y
« suis pas. »

Dans ces discussions, sans
cesse répétées, je défendais avec
chaleur la cause de l'absent ;
mais ce zèle, qui, de ma part,
n'était pas sans quelque mérite,
n'avait d'autre résultat que de
me faire comprendre dans le jugement sévère qu'elle portait
contre tous les hommes, sans
exception. «Que sont-ils, disait-
« elle? des ingrats. Que méri-
« tent-ils? du dédain. Savent-

« ils, peuvent-ils savoir ce que
« c'est qu'aimer? Comprennent-
« ils l'attachement, plus fort en-
« core que l'amour? S'appliquant
« sans cesse à faire naître des
« passions, ils n'en éprouvent
« jamais les atteintes; semblables
« à ces incendiaires, toujours à
« l'abri du feu qu'ils ont allumé,
« ils font couler les larmes et
« n'en versent jamais. Les lois
« punissent les uns, la société
« encourage les autres.

«—Ah! dis-je vivement, plai-
« gnez celui qui se voit forcé de
« vous quitter, et ne l'accusez
« pas. — Fort bien, continua-t-
« elle, je vois qu'il en est en
« France comme ici; on croit

« avoir tout dit, on se croit
« quitte envers nous quand on
« a répondu par un froid com-
« pliment à des reproches trop
« fondés.—Vous n'êtes pas juste,
« dis-je; j'ai quelquefois entendu
« faire les mêmes accusations
« dans un sens opposé; on avait
« tort, et vous n'avez pas raison.
« Direz-vous qu'ils ne connais-
« saient pas l'amour, ceux qui
« tant de fois ont renoncé à la
« vie plutôt qu'à l'objet aimé?
« — Je rejette cette preuve.
« Égarés par le délire, par l'or-
« gueil peut-être, des hommes
« qui se disaient amans ont pu
« se tuer dans un accès de fréné-

« sie ; la femme périt de sa dou-
« leur. »

C'est ainsi que, dans des entre-
tiens de tous les momens, chacun
de nous s'efforçait de défendre
sa propre cause ; pour mieux atteindre ce but, nous ne craignions
pas de soulever les fibres les
plus légères du cœur, et d'en
expliquer les mouvemens, chacun à notre manière. Analyse
toujours téméraire, et trop souvent fatale à ceux qui osent la
tenter. Telle est celle d'un rayon
détaché du soleil, dont les couleurs nous ravissent lorsqu'on
l'a décomposé ; mais qui, dès-
lors, cesse de nous éclairer.

Ces communications trop rap-

prochées nous conduisirent par
degrés au désir d'être ensemble; et
bientôt ce désir devint un besoin.
Une intimité de tous les momens
s'établit peu à peu entre nous; les
noms de Catherine, de Charles,
nous devinrent habituels, sans
que cette familiarité dégénérât
jamais en faiblesse de sa part,
ou en licence de la mienne. Nous
cherchions franchement les occasions de nous voir; nous étions
heureux de les avoir trouvées, et,
dans ces instans dont nous sen-
tions si bien le prix, il n'arrivait
jamais à l'un de nous de songer à
écarter un témoin, ou de murmurer de sa présence.

Qu'ils ont d'attraits, ces pre-

miers momens où, entraînés vers
un être aimable, nous ignorons
encore la nature du sentiment
qui nous attire! On jouit du présent avec une satisfaction tranquille; l'avenir n'a rien qui nous
alarme. L'absence, déjà pénible,
n'est pas encore douloureuse.
Les rapprochemens qui la suivent
sont des instans de bonheur; on
en savoure en paix les délices,
parce que rien n'en altère la pureté, et deux cœurs préparés d'a-
vance pour l'amour semblent s'es-
sayer, par de tendres épanchemens, à des rapports encore plus
intimes : des deux côtés, la confiance est parfaite; on se dit tout,
hors ce qu'on ne s'avoue pas en-

coré à soi-même ; et, sans pouvoir
s'expliquer ce que l'on éprouve, on
se sent heureux, parce qu'on ne
cherche pas à le devenir davantage ; mais ces momens pleins de
charmes fuient avec rapidité ;
et de même que la faible lumière
du soir ou du matin n'est douteuse
que pour un instant, l'âme, atteinte d'une première impression,
retombe bien vite dans l'indifférence, ou se précipite vers l'a-
mour.

Depuis que j'habitais dans cette
maison, ma position avait changé
plusieurs fois. Traité d'abord avec
une sévérité dédaigneuse, une circonstance extraordinaire m'avait
entièrement assimilé à une fa-

mille que je chérissais. Bientôt,
confident des peines d'une épouse
malheureuse, je les partageais sin-
cèrement, et je m'efforçais de les
adoucir par les franches consolations de l'amitié. De là à un sentiment plus vif la pente était
rapide ; elle m'entraîna.

Un premier attachement m'a-
vait trop éclairé sur les mouvemens du cœur pour que je pusse
y être trompé. Je reconnus enfin
que j'aimais. Eh ! qui eût pu s'en
défendre ? Tant de beauté, des grâ-
ces si touchantes ; une âme généreuse et disposée à cette langueur
secrète , premier indice d'un
cœur sensible. Dans ses lectures
comme dans l'entretien le plus

familier, un tact exquis lui faisait
tout sentir, tout deviner ; et par
des détours insensibles, ramenée
toujours à sa propre pensée, elle
montrait dans un jour heureux
les erreurs des autres, et la délicatesse de son jugement. A tant
de moyens de séduction, que l'on
ajoute cette tendre pitié qu'inspire
un être aimable qu'on sait malheureux, et le juge le plus sévère
conviendra que dans ma position
l'âme d'un stoïque se fût démen-
tie. J'étais loin de l'être. Après
bien des combats, je m'abandonnai à mon penchant en croyant
fléchir sous ma destinée, et je ne
m'effrayai pas d'aimer. Mais si
je cédai enfin, je pris une ferme

résolution de cacher avec soin ma
passion à celle qui l'avait fait
naître; et, s'il était possible qu'elle
la devinât un jour, de ne rien
tenter qui pût lui faire partager
mon délire. Dans ma première
jeunesse, une femme plus éclairée
que je ne l'étais alors m'avait
donné un grand exemple du pouvoir de la véritable vertu. Je me
promis de l'imiter en tout point,
et j'osai me flatter d'un pareil
succès. Hélas! j'oubliais que cette
même vertu avait été au moment
de se démentir, et que dans ces
sortes de combats, tout homme
succombe où la femme a chan-
celé.

Quel que pût être l'avenir, ma

détermination était sincère ; la
conduite que je tins y répondit.
Quoi qu'il pût m'en coûter, je ne
cherchai plus les occasions d'être
seul avec la jeune dame; et lorsqu'elles se présentaient, je m'efforçais d'en abréger la durée. Par
malheur, ces occasions n'étaient
que trop fréquentes. Vivant tous
deux près d'un vieillard malade,
à qui nous faisions une compa-
gnie assidue, sa tendresse pour
sa fille, son amitié pour moi, lui
faisaient saisir tous les moyens de
distraction que ce genre d'existence pouvait nous offrir; après
quelques heures passées à ses
côtés, il exigeait toujours que
nous allassions prendre l'air au

dehors ; et par une de ces contra-
dictions qui sera comprise par
tout être qui a aimé, j'en attendais le signal avec impatience,
en même temps que j'en redou-
tais les effets.

Dans ces promenades, devenues
journalières, je donnais le bras à
la dame, et d'un pas encore traî-
nant, j'errais avec elle dans les
jardins ou dans les campagnes
voisines. Sa prévoyance attentive
mesurait avec exactitude la fatigue à mes forces. Elle me pres-
crivait des stations fréquentes ;
alors, assis tous deux à l'ombre
d'un pin, nous nous abandon-
nions à des épanchemens pleins
de charmes. Heureux momens où,

sans réserve, sans arrière-pensée,
on songe seulement à ce qu'on
vient d'entendre, sans songer à
ce que l'on va dire !

Quelquefois nous faisions ces
promenades en voiture; alors, par-
courant un cercle plus étendu, ma
belle compagne se plaisait à me
montrer les sites les plus remarquables; elle me faisait connaître
le nom des villages que nous tra-
versions ; tous étaient sous la do-
mination de son père, tout lui
appartenait, même les hommes ;
et toujours, à l'aspect de la fille de
leur maître, je pouvais lire sur la
figure des habitans l'expression
de la joie et de la reconnaissance.
O qu'il est doux de voir aimé

ce que l'on aime soi-même!

Mais comment rendre le bonheur secret dont j'étais pénétré lorsque assis à ses côtés, dans ces courses rapides, je me sentais pressé contre elle? Je respirais le même air qu'elle avait respiré; ses vêtemens légers me couvraient par momens, et semblables à la robe de Nessus, ils faisaient circuler dans mes veines une chaleur dévorante. Quelquefois, effrayée par un choc subit, elle posait sur moi une main tremblante, et ces instans, toujours trop rapides, étaient pour moi des éclairs de bonheur.

Mais, je dois le dire, jamais un signe extérieur ne révéla ces

mouvemens secrets. Jamais un
mot hasardé, une expression
équivoque, ne dévoilèrent mon
unique pensée. Toujours en garde
contre moi-même, je recueillais
avec avidité ces faveurs involon-
taires, et j'en savourais les délices sans les provoquer, même
par une démarche innocente.
Dans la conversation la plus in-
téressante, comme dans la plus
ordinaire, j'écartai avec une attention de tous les momens ces
expressions passionnées toujours
prêtes à s'échapper d'un cœur
attendri; je les remplaçais par
des paroles insignifiantes ; et,
semblable à une traduction sans
couleur, mon langage devenait

celui de l'indifférence. Bien plus
encore, il m'arriva souvent, dans
des discussions délicates, de me
rendre en apparence à des raisonnemens dont ma propre situation ne prouvait que trop la faiblesse ; et, trahissant ma propre
cause, je paraissais convaincu
lorsque moi-même j'eusse pu
convaincre.

Je me souviens qu'un soir, s'a-
bandonnant à la vivacité de son
imagination, elle s'efforçait, selon son usage, de démontrer que
les hommes, sans exception,
étaient très-inférieurs aux femmes dans tout ce qui a rapport
aux mouvemens du cœur. « Les
« malheureux ! disait-elle avec

3.   6

« l'accent de la pitié; non-seule-
« lement il leur est impossible
« d'aimer dans la véritable accep-
« tion de ce terme, ils ne peuvent
« même faire de l'amour un ta-
« bleau imaginaire, et ils ne sont
« pas plus heureux en fictions
« qu'en réalité. — Ah! dis-je,
« laissez-nous du moins les chi-
« mères. — Non, vous êtes tous
« des enfans déshérités. Je vous
« le demande, dans cette mul-
« titude de romans qui nous ar-
« rivent de tous côtés, et notam-
« ment de votre pays, en est-il
« un seul qui nous offre un amant
« vraiment digne de ce titre? » Je
parus étonné. « Oui, compa-
« rerez-vous Saint-Preux à Julie;

« Tom-Jones à Sophie; l'insi-
« pide Grandisson à la vive Clé-
« mentine; Oswald et Léonce à
« ces êtres divins dont le seul
« défaut était de les aimer? Con-
« venez-en de bonne foi, partout
« les héroïnes sont admirables,
« les héros font pitié. Mais pour-
« quoi s'en étonnerait-on? Pour
« faire un portrait, il faut un
« modèle, et ce modèle n'existe
« pas. — Vous oubliez Malek-
« Adhel, répondis-je. — Non,
« je ne l'oublie pas; mais rappe-
« lez-vous sa mère; une femme
« sensible a puisé dans son pro-
« pre cœur pour former ce no-
« ble caractère, et elle en a tiré
« ce que la réalité lui refusait.

« Oui, Charles, je le dis sans
« passion, même sans humeur ;
« le ciel vous a maltraités, ce
« n'est pas votre faute. — Ah !
« dis-je vivement, je ne sais si
« vous avez raison; mais ceux
« qu'il aurait privés du feu sacré,
« ne seraient peut-être pas les plus
« malheureux ! »

A quelques jours de là, on reçut les premières nouvelles du
colonel. J'étais présent à l'arrivée
du courrier : il y avait des lettres
pour tout le monde. La dame
brisa d'une main tremblante le
cachet de celle qui lui était adres-
sée. Je la regardai avec attention : dès les premières lignes,
elle pâlit, une larme jaillit de sa

paupière; elle n'éclata pas cependant, et d'une voix que l'on eût pu croire tranquille : « C'en est « donc fait! une vaine gloire, de « brillantes décorations, des pro- « messes magnifiques l'ont em- « porté sur la tendresse de sa « femme; il part pour l'armée! » La même annonce était faite au comte et à moi séparément. « Ma « fille, dit le vieillard, subis ta « destinée, et ne t'afflige pas sans « modération d'un événement « que tu as dû prévoir dès long- « temps. Crains surtout de de- « venir injuste par un excès de « tendresse. Mon enfant, les « hommes ne peuvent avoir « qu'une connaissance impar-

« faite du cœur d'une femme, et
« trop souvent ils le déchirent
« même sans s'en douter. A leur
« tour, les femmes jugent mal
« des obligations que le devoir
« nous impose. Le coup qui t'est
« si rude sera regardé comme
« un acte généreux par un pu-
« blic qui ne se trompe jamais
« quand il s'agit des hauts inté-
« rêts du genre humain ; les fem-
« mes mêmes y applaudiront,
« parce qu'il tend à la sûreté
« commune, et une seule en gé-
« mira. » A mon tour je pris la
parole. « Vos plaintes sont fon-
« dées, dis-je, vos accusations
« ne le sont pas. Toute femme
« ayant les mêmes droits au bon-

« heur, puisque toutes ont une
« âme sensible, que deviendrait
« le corps social si chaque fem-
« me, si chaque épouse, pouvait
« retenir près d'elle son époux
« ou son fils? La tranquillité pu-
« blique cesserait d'exister; l'é-
« tat serait perdu. Dans cette
« nécessité générale, toutes doi-
« vent faire un généreux aban-
« don de leurs droits; et ce qui
« est une calamité pour chacune
« assure le salut des autres. —
« Fort bien, répondit-elle avec
« amertume, je sens que j'avais
« tort. En effet, en comparaison
« de ces hauts intérêts, qu'est-ce
« qu'une femme sacrifiée? »

Pour faire diversion à ces idées

si douloureuses, je lui donnai la
lettre que je venais de recevoir;
elle la lut avec attention, et me
la rendant ensuite : « Oui, dit-
« elle d'un ton plus doux, je
« crois à sa tendresse, jamais je
« n'en ai douté. Pourquoi faut-
« il que le même sentiment pro-
« duise des effets si contraires? »
Nous ne répondîmes pas; le comte
détourna insensiblement les regards de la jeune épouse vers un
avenir plus heureux; elle-même
se prêta à ce prestige, et une
soirée paisible succéda à une ma-
tinée orageuse.

Le père me sut gré de mes efforts pour le seconder; la fille
même fut touchée de ma persé-

vérance à défendre celui qu'elle
ne cessait d'accuser ; et quoiqu'elle combattît mes raisonnemens avec chaleur, ses manières,
de plus en plus affectueuses , me
montraient assez que ma conduite était appréciée. Ainsi , les
événemens les plus opposés res-
serraient encore les liens qui
m'attachaient à cette famille.
Elle m'avait chéri d'abord comme
un libérateur; maintenant, elle
aimait en moi celui qui s'asso-
ciait à ses peines, et qui tâchait
de les alléger.

Vers ce même temps un nouvel incident , offrant toutes les
couleurs de la vérité, me fit goû-
ter les illusions du bonheur. J'é-

tais avec le comte et sa fille, au
moment de l'arrivée du courrier
de Pétersbourg; tous deux lisaient
leurs lettres avec attention, lorsque le comte m'en présentant
une tout ouverte : « Tenez, dit-il
« avec un regard de satisfaction,
« voilà qui vous concerne. » Je
la pris avec une vive émotion, et
j'y lus ces mots :

Saint-Pétersbourg, 20 juin 1813.

« Monsieur le comte,

« Mon correspondant à Paris
« me mande par une lettre en
« date du..... d'ouvrir un crédit
« illimité à M. Charles de.... ,
« officier français, prisonnier de
« guerre en Russie, et résidant en

« ce moment dans votre château.
« Je vous prie, en conséquence,
« de vouloir bien faire savoir à ce
» militaire qu'il peut tirer sur
« moi à vue, et que j'acquitterai
« avec exactitude toutes ses trai-
« tes, quel qu'en soit le montant.

« Je suis, avec respect, etc. »

Je fus transporté de joie à
cette lecture. Certes, j'aurais pré-
féré mille fois une lettre de mes
bons parens à toutes les lettres
de change de l'univers; mais j'é-
tais ravi de penser qu'enfin ils
avaient reçu de mes nouvelles; et
je voyais du moins une preuve de
leur existence dans cette dernière
marque de leur bonté. Sans doute,
me disais-je, ils m'auront écrit

par une autre voié ; mais sachant
que les relations purement com-
merciales, n'éprouvent jamais ni
obstacles, ni retards, ils se se-
ront adressés aux banquiers pour
satisfaire d'abord aux besoins
qu'ils me supposent. Je commu-
niquai cette opinion au comte, il
y entra avec chaleur, me cita un
grand nombre d'exemples à l'appui, et termina en m'engageant
à profiter, sans retard, de la faculté qui m'était offerte, parce
que, disait-il, des événemens
imprévus pouvaient rendre difficile ou même impossible toute
communication entre les deux
pays. Je suivis ce conseil, et je
tirai sur le banquier une somme

assez forte pour m'assurer les moyens de revenir en France après la paix, et pour reconnaître enfin les obligations que j'avais contractées depuis si long-temps envers les serviteurs de cette maison. -

Le comte me dicta lui-même les termes dans lesquels cette lettre de change devait être écrite, et portant la bonté jusqu'à son dernier terme, lui-même m'en fit compter à l'instant la valeur par son intendant. Je donnai d'abord une assez forte somme à ce valet de chambre qui avait soigné ma blessure. Je n'oubliai pas Julie, cette Française que je regardais toujours comme la cause première

des bons traitemens que j'avais re-
çus; et mêlant à un peu de générosité cette espèce d'ostentation qui
nous suit malgré nous - mêmes
dans les pays étrangers, je me
plus à faire bénir le nom français
par tant d'êtres qui n'en avaient
qu'une fausse idée.

Hélas! on me trompait, et c'é-
tait l'or du comte que je prodiguais à ses propres gens. Tout
ceci n'était qu'un jeu concerté
entre lui et ses enfans, pour me
faire accepter ce que plusieurs fois
ils m'avaient offert vainement.
Ce ne fut que très-tard, au moment de mon retour en France,
que j'eus connaissance de cette
ruse innocente, et ce fut Julie

qui m'en découvrit le mystère.
Ames célestes! quoi, tant de
bontés, d'attentions délicates,
tant de nobles procédés pour
un malheureux étranger! Il vous
avait servis, il est vrai; mais dans
la même circonstance, vous eussiez rendu ce service à tout autre,
et vous n'y eussiez attaché aucun
prix; père généreux, enfans aimables et tendres, vous étiez dignes des adorations du genre humain. Ah! pourquoi n'ai-je à
vous donner que des souvenirs!

Cependant les jours s'écou-
laient avec rapidité. Une vie
égale, des habitudes tranquilles
semblaient encore en précipiter
la marche. Dès le matin je me

rendais près du comte; souvent
sa fille m'y avait précédé. Elle et
moi avions nos appartemens aux
deux extrémités de cette vaste
galerie qui conduisait chez son
père. Quelquefois je la rencon-
trais à mon passage ; alors elle me
prenait le bras familièrement, et
nous entrions ensemble chez le
vieillard, qui nous recevait avec
une bonté presque égale pour tous
deux. On déjeûnait près de son
lit; puis, après un entretien de
quelques momens, je me retirais
pour les laisser ensemble. Vers
le milieu du jour on se rassem-
blait de nouveau pour ne se plus
quitter. Je faisais avec le comte
quelques parties d'échecs, pen-

dant que la jeune dame, travaillant à nos côtés, applaudissait aux coups piquans, et souriait au vainqueur. On lisait ensuite quelques bons livres français, et toujours l'heure du dîner arrivait trop tôt pour tout le monde. Après un repas magnifique, selon l'usage du pays, mais qui me paraissait toujours d'une longueur excessive, le comte prenait un peu de repos; et nous saisissions ce moment, sa fille et moi, pour faire quelque longue promenade, soit dans le voisinage du château, soit dans la campagne.

Dans ces courses, chaque jour répétées, j'eus sans cesse occasion de reconnaître la cause secrète des jugemens que nous portons sur les choses ou sur les pays. Ces lieux, habités par un être aimable, ne me paraissaient plus si sauvages. Ces immenses forêts de sapins, que j'avais trouvées si lugubres, ne me semblaient plus que majes-tueuses. Oui, sans doute, un ciel brillant, une terre féconde offrent des jouissances véritables à leurs heureux enfans. Mais l'imagina-tion accorde aux autres ce que la nature leur avait refusé. Elle enrichit les misérables, comme elle appauvrit les plus riches. La félicité peut se trouver partout, et la douleur est de tous les pays.

De retour au château, le comte ne manquait jamais de m'adres-

ser diverses questions sur les lieux
que j'avais parcourus, et sur les
observations que j'avais pu faire.
Il se plaisait à faire des compa-
raisons entre son pays et le nôtre;
et, quoique sur tous les points
il convînt de la supériorité de la
France, par un orgueil national
dont je respectais le principe, il
donnait, quant à l'ensemble,
tous les avantages à la Russie.

Passant des choses aux individus, bientôt il hasarda des rapprochemens entre les habitans
des deux contrées : « Vous avez
« vu nos paysans, lesquels, selon
« vous, sont les plus heureux de
« ceux-ci ou des vôtres ? Ici, bien
« vêtus, bien logés, bien nourris,

« satisfaits du présent, sans in-
« quiétude pour l'avenir; ne
« possédant rien, mais ne dési-
« rant rien, ils arrivent en paix
« au dernier terme de la vie hu-
« maine, et pour eux une vieil-
« lesse tranquille succède à une
« longue enfance. Là-bas, pos-
« sesseurs d'une méchante ca-
« bane qui les menace plus
« qu'elle ne les abrite, ils ont
« tous les inconvéniens de la
« propriété, sans en connaître les
« avantages. Ils se croient libres,
« et ils dépendent de tout ce qui
« les entoure. Sans protecteurs
« parce qu'ils sont sans maîtres,
« c'est en vain qu'ils cherchent
« en eux-mêmes des ressources

« contre les maux qui les acca-
« blent; leur vie est misérable,
« et une vieillesse prématurée est
« le fruit ordinaire d'une exis-
« tence maudite. Or, je vous le
« demande, de quel côté penche
« la balance ?

« M. le comte, dis-je, nous
« sommes tous mauvais juges
« du bonheur des autres. Nos
« paysans n'habitent que des
« chaumières; mais ces chau-
« mières leur appartiennent; le
« seuil en est respecté comme
« celui de vos palais. Vous les
« jugez pauvres, parce qu'ils éco-
« nomisent pour leur propre
« compte; leur industrie, les
« chances de la fortune, peuvent

« leur donner, dans l'état, une
« importance qu'ils ne doivent
« qu'à eux-mêmes, et protégés
« par nos lois, comme tous les
« Français, aucune puissance ne
« les trouble dans l'usage de leurs
« droits; et ne croyez pas sur-
« tout qu'ils doivent leur li-
« berté à cette révolution qui a
« eu des suites si terribles. Sans
« doute elle a diminué leurs
« charges, elle a étendu leurs at-
« tributions; mais, indépendans
« sous nos Rois, comme sous
« l'empire, ils n'ont eu que des
« chefs dans leurs seigneurs, et
« n'ont jamais connu qu'un
« maître. Enfin, pour décider
« la question, le plus malheu-

« reux de nos villageois ne vou-
« drait pas changer de position
« avec vos serfs les mieux traités;
« on craindrait de lui en faire la
« proposition; ici elle serait reçue
« avec transport. Je n'ajouterai
« qu'un mot. Vos esclaves, dites-
« vous, sont d'heureux enfans ;
« mais tout enfant veut grandir;
« et l'enfance prolongée n'est
« qu'imbécillité. »

Quel que fût l'objet de ces discussions, une mesure parfaite s'y
faisait toujours remarquer. Le
comte avait pour son hôte les
plus grands égards, j'étais plein
de respect pour lui. Souvent
même nous prenions la jeune
dame pour juge, et ses décisions

étaient, pour les deux parties, des sentences sans appel.

L'heure de se retirer arrivait enfin, on se séparait satisfait les uns des autres, et chacun désirait intérieurement que la journée suivante ressemblât à celle qui venait de s'écouler.

Cette existence était douce, elle était heureuse pour tous; pourquoi fallait-il qu'une passion insensée en détruisît pour moi tous les charmes? Oh! combien elles m'étaient pénibles, ces journées si tranquilles en apparence! Combien mes nuits étaient cruelles! Dans ces promenades, dont j'attendais le signal avec tant d'impatience, tout était pour

moi, souffrance, douleur, dé-
chirement. J'étais près d'un être
que j'adorais, dans une solitude
absolue, et je lui parlais de choses
indifférentes. Mon cœur battait
avec violence, et je tremblais
qu'un bras, qui en était si près,
n'en sentît l'horrible agitation.
J'aurais pu tout dire, et je me taisais, ou ces expressions brûlantes, arrêtées sur mes lèvres,
s'échappaient en paroles insignifiantes. Lorsque l'excès de
mon émotion était trop visible,
osant mentir à l'amour, à moi-
même, je me hâtais de supposer
quelque souffrance; et, pour ache-
ver mon supplice, je voyais les
regards de la pitié se fixer sur

3.   8

moi. Ces épreuves si douloureuses étaient sans cesse renou-
velées sous mille formes différentes. Si je me taisais, on
paraissait affligé de mon silence ;
et lorsque, cédant à de douces
instances, je m'efforçais de répondre à des questions toujours
embarrassantes, on cherchait encore une excuse au désordre de mes
paroles. « Charles, disait-elle,
« vous n'êtes pas heureux.—Et je
« gardais le silence.— Je le vois,
« vous regrettez toujours votre
« belle France. — Oui, j'aime
« mon pays, je regrette ceux que
« j'y ai laissés. — Je le conçois ;
« mais vous ne vous jugiez pas si
« malheureux, dans un temps

« où votre situation était si dif-
« férente de ce qu'elle est main-
« tenant. Atteint d'une blessure
« cruelle, isolé, n'ayant de droits
« qu'à la commisération, votre
« esprit était libre; vous subis-
« siez votre sort avec résignation.
« Plus tard nous apprîmes ce
« que nous vous devions, nous
« devînmes vos amis; et depuis
« ce moment le bonheur semble
« avoir fui loin de vous. Aurions-
« nous, sans le savoir, quelque
« tort envers vous ? parlez, et
« à l'instant même il sera ré-
« paré. »

Quelle épreuve! je craignais
de répondre, et baissant la tête:
« Catherine, m'écriai-je, au

« nom du ciel, ne me faites pas
« de questions. Je ne dois rien
« vous dire. » Hélas ! on me par-
lait d'amitié, et mon cœur était
brûlant d'amour. Oui, je l'ose
dire, j'eus du courage ; ma résistance fut longue, elle fut opi-
niâtre ; et, si mon secret m'é-
chappa enfin, je pouvais croire
que ce secret avait cessé d'être le
mien.

Un soir, après une de ces journées brûlantes que le soleil semble n'accorder aux enfans du
nord que pour leur donner des
regrets, nous sortîmes ensemble
pour faire notre promenade accoutumée. Il était tard, nous
n'allâmes pas loin. Le hasard

nous conduisit dans ce même cabinet de verdure que je connaissais si bien. « Catherine, dis-je,
« c'est ici que je vous ai vue pour
« la première fois. — Il est vrai,
« répondit-elle, quoique ce mo-
« ment m'ait été pénible, je me
« plais à en garder le souvenir. »
Je la pressai de s'asseoir à la même place qu'elle occupait alors ;
elle y consentit, je me mis à ses
côtés ; puis me rappelant des circonstances toujours présentes à
ma pensée : « Catherine, ici vous
« fûtes sévère envers un malheu-
« reux. — Oui, j'en conviens ;
« aigrie par la douleur, je fus
« injuste peut-être ; mais si ma
« mémoire ne me trompe pas,

« ce n'est pas vous qui fûtes le
« plus maltraité dans cet entre-
« tien. Cependant, à ce moment
« même où vous m'accusiez de
« dureté, j'étais prête à donner
« des marques de faiblesse : une
« femme n'est jamais barbare,
« vous tombâtes évanoui à mes
« pieds ; saisie d'effroi, j'envoyai
« en toute hâte Julie chercher
« du secours. La pâleur de la
« mort répandue sur tous vos
« traits, ces mains glacées, ces
« regards éteints m'émurent de
« compassion, et je donnai des
« larmes à cet être qui m'accu-
« sait de dureté. Enfin, on vint
« à mon aide, vous ouvrîtes les
« yeux ; mais j'avais déjà fui ; et,

« indignée de me sentir atten-
« drie, je n'en eus ensuite que
« plus de rigueur. »

— « Ah! m'écriai-je, pour-
« quoi ne m'avoir pas laissé périr
« à vos pieds? ma fin eût été
« douce. Pourquoi avez-vous eu
« pitié de moi? pourquoi me le
« dire? » Elle me regarda fixement; nous gardions tous deux
le silence. Elle fit un mouvement
pour s'éloigner de moi, lorsque
l'arrêtant avec force : « Cathe-
« rine, je vous aime d'un amour
« insensé; je n'ai plus rien à vous
« apprendre, vous savez tout.
« —Ah! Charles, Charles, s'é-
« cria-t-elle avec l'accent de la
« douleur, ce n'est pas de l'a-

« mour que je vous demandais,
« vous me faites bien du mal. »
Elle baissa la tête, et se couvrit
la figure de ses mains ; puis se relevant tout à coup : « Homme
« cruel, qu'avez-vous dit ? qu'at-
« tendez-vous de moi ? Quoi !
« vous avez sauvé un époux,
« vous vous dites son ami, et
« c'est par une action généreuse
« que vous arriveriez à la trahi-
« son ! sa vive reconnaissance,
« la mienne, celle d'un père,
« rien ne vous a touché ; et quand
« nous vous traitions en frère
« chéri, vous méditiez notre
« perte à tous.

« —Femme injuste, m'écriai-
« je ; non, vous ne le croyez pas,

« jamais vous ne l'avez cru. Osez
« me dire que vous ne vous êtes
« pas aperçue de cet amour qui
« me dévorait, que vous n'avez
« pas applaudi en secret à ma
« réserve. — Pourquoi le cache-
« rais-je? Oui, j'y ai applaudi;
« aujourd'hui, je vous accuse
« pour y avoir manqué. Épouse
« délaissée, je parlais avec vous
« de celui qui m'est si cher; cette
« consolation m'est ravie, un
« seul mot a tout détruit. Vous
« êtes malheureux, dites-vous;
« moi je suis au désespoir. —
« Catherine, écoutez-moi avec
« attention, peut-être vous pa-
« raîtrai-je moins coupable.
« Lorsque je vous vis pour la

« première fois, j'aperçus bien
« vite tous vos agrémens exté-
« rieurs, aucun de vos traits ne
« m'échappa ; je n'en fus pas
« ému. Vous étiez malheureuse
« alors, et malgré vos dédains,
« je fus touché de votre peine ;
« votre situation changea ; plus
« rapproché de vous, je jouissais
« avec délices de votre intimité,
« et j'en jouissais sans trouble.
« Le sentiment dont j'étais pé-
« nétré avait je ne sais quoi d'é-
« puré qui y donnait un carac-
« tère ravissant ; il s'étendait
« sur tout ce qui vous touche ;
« j'aimais votre mari avec plus
« de chaleur ; la situation de
« votre digne père m'inspirait

« un intérêt plus vif. Temps heu-
« reux qui s'écoula trop vite.
« Vous fûtes seule une seconde
« fois, cette circonstance me per-
« dit, et je m'enivrai de folles
« illusions. Mon imprudente pas-
« sion s'accrut au point de m'ô-
« ter l'usage de la raison. Je ne
« vis plus que vous, je ne pensai
« qu'à vous. Enfin, dans un mo-
« ment d'oubli, le cri du cœur
« s'est fait entendre; il vous ir-
« rite. Eh! que me direz-vous
« que je ne me sois répété mille
« fois? que d'obstacles entre vous
« et moi! ma position n'est pas
« la vôtre; vous appartenez à
« l'être que j'aime le mieux; en-
« fin, le sort ne m'a pas destiné à

« vivre auprès de vous. Je ne
« veux rien, je ne prétends à
« rien; je vous respecte, je vous
« honore, je vous demande seu-
« lement de savoir que j'ose vous
« aimer, et de n'en être pas trop
« offensée. »

Elle voulut répondre; je ne lui
en donnai pas le temps : « Ca-
« therine, voilà mes torts, ils
« sont graves; souffrez mainte-
« nant que je vous parle des vô-
« tres. Vous paraissez surprise !
« eh quoi ! cette passion qui vous
« irrite était-elle donc un mys-
« tère pour vous? J'étais heureux
« quand j'approchais de vous;
« je ne vous quittais qu'avec ef-
« fort, j'applaudissais à votre

« pensée avant même de la con-
« naître ; ce que vous disiez me
« semblait exprimer la mienne.
« Vous avez dû vous dire, vous
« vous êtes dit cent fois : « Cet être-
« là m'est soumis ; il est à moi.
« Il ne me regarde pas, et il ne
« voit que moi seule ; il parle de
« choses indifférentes, et il n'a
« qu'une seule pensée ; il serait à
« mes pieds si je faisais un signe ;
« d'un mot je le ferais passer à
« travers les flammes ; d'un re-
« gard je le rendrai content ou
« malheureux. » Et toutes ces vi-
« ves dissertations sur l'amour,
« où vous mettiez tant d'esprit,
« tant de chaleur, quel devait en
« être l'effet sur une âme trop

« tendre? Lorsque vous vantiez
« les douceurs d'un attachement
« sincère, n'était-il pas permis
« de croire que l'on pourrait vous
« en offrir le tribut sans vous of-
« fenser? Tout cela n'était donc
« qu'un pur jeu d'esprit; jeu
« cruel qui m'a perdu! Comme
« un pauvre insecte, j'ai été
« me brûler à la lumière, sans
« que sa vive clarté en ait été
« seulement altérée. Catherine,
« voilà ma conduite et la vôtre
« en regard; j'ai fait ce que je
« n'aurais pas dû faire, et vous
« n'êtes pas sans reproches. Qui
« de nous deux est le plus con-
« damnable? J'en appelle à vous-
« même; j'en appelle à ce cœur

« qui est juste au moins, s'il
« n'est pas tendre. »

Elle me regardait avec embarras. « Je vous entends, dit-elle
« enfin ; en me supposant des
« torts, votre intention serait de
« me les pardonner généreuse-
« ment, pourvu qu'à mon tour
« je vous pardonnasse les vôtres.
« Si c'est une accusation, je la
« repousse ; si ce n'est qu'un
« moyen de défense, je l'excuse.
« Quoi qu'il en puisse être, une
« idée plus sérieuse m'agite en ce
« moment..... » Elle s'arrêta. Je
la regardai avec inquiétude, lorsque d'une voix émue : « Charles,
« c'en est fait, je ne dois plus
« vous entendre ; et désormais

« toute espèce de rapport doit
« cesser entre nous. »

A ces mots, saisi d'un transport subit : « Eh bien ! dis-je,
« achevez-donc votre ouvrage ;
« chassez-moi de votre maison ;
« je suis ici oublié de votre gou-
« vernement ; dénoncez-moi à
« lui, dites un seul mot, et il me
« renverra avec mes compagnons
« d'infortune, aux confins de vo-
« tre empire, en Sibérie peut-
« être : que m'importe ? j'aime
« mieux habiter les déserts, j'aime
« mieux y périr, que de vivre près
« de vous, condamné à me taire.
« — Le pourrais-je sans ingrati-
« tude ? — Oui, depuis long-
« temps vos bontés ont dépassé

« vos obligations, et vous êtes
« tous quittes envers moi.—Non,
« Charles, un premier service
« n'est jamais acquitté. Vous êtes
« l'ami de mon mari, vous êtes
« celui de mon père ; soyez-le
« mien, et qu'un sentiment qu'on
« pourrait avouer remplisse vo-
« tre âme, comme il suffit à la
« mienne. — Eh ! que parlez-
« vous d'amitié à celui qui brûle
« de toutes les flammes de l'a-
« mour? Non, Catherine, je ne
« saurais être votre ami, je ne le
« serai jamais; j'ai pu m'égarer,
« je ne vous tromperai pas. Mais
« quoi ! cet amour est-il donc un
« crime? Je ne demande pas que
« vous y répondiez; loin de moi

« cette témérité! Mais laissez-moi
« vous aimer, laissez-moi vous le
« dire; soyez l'objet de mon culte,
« et souffrez que je m'enivre près
« de vous d'un bonheur idéal
« qui ne coûtera rien à personne. »
Elle parut effrayée. « Catherine,
« pourquoi ces marques de ter-
« reur? vous êtes vertueuse, je le
« sais; eh bien, je chéris, j'adore
« cette vertu; jamais je n'y porte-
« rai atteinte par un mot, par un
« geste, même par la pensée. »
Elle me regarda fixement : «Ose-
« riez-vous le jurer? — Oui,
« j'en fais le serment à vos pieds.
« — Eh bien, dit-elle d'une voix
« grave, connaissez-moi : j'ac-
« cepte votre tendresse. Aimez-

« moi, puisque telle est votre
« destinée ; mais que cet amour
« soit noble, généreux, désinté-
« ressé. Jamais je ne le récom-
« penserai ; c'est assez pour moi
« de le souffrir. » Je voulus parler, elle continua : « Charles, je
« serai votre amie, votre sœur,
« votre sœur bien tendre. Mais
« rappelez-vous votre promesse,
« il y va de ma vie. Si vous êtes
« sincère, je puis être heureuse ;
« je périrai si vous êtes parjure. »

O transports ! je saisis sa main
pour la baiser, elle-même me
tendit la joue. « Oui, Charles, je
« veux qu'un embrassement fra-
« ternel devienne le gage d'un
« attachement réciproque. Fran-

« che dans mes discours, iné-
« branlable dans mes résolu-
« tions, je dis sans feinte ce que
« j'ai à dire, je donne ce que je
« veux donner, je ne pardonne-
« rais pas à qui m'en demande-
« rait davantage. — Catherine,
« rendez-moi cette main, non
« pour en faire l'objet d'une ca-
« resse fugitive, mais pour la
« joindre à la mienne, et con-
« tracter ainsi l'engagement so-
« lennel d'obéir à toutes vos
« volontés. Dès ce moment, je
« ne m'appartiens plus, je ne vis
« plus que pour vous; je puis
« obéir à tout; je saurais même
« vous quitter, si vous me l'or-
« donniez. —Bien, Charles, j'ai

« l'habitude de vous croire, je
« vous crois encore. Nous som-
« mes engagés tous deux dans
« une route difficile ; mille y
« ont trouvé leur perte ; soute-
« nus l'un par l'autre, elle peut
« nous conduire à la félicité.
« Quoique je ne sois qu'une fai-
« ble femme, et certes, bien éloi-
« gnée de toute présomption,
« l'horreur que nous avons pour
« le mal me donne quelque es-
« poir ; mais s'il était trompé, je
« trouverais en moi-même un
« juge inflexible, et j'exécuterais
« sa sentence à toute rigueur. »

Le ton dont elle prononça ces
derniers mots me troubla, et je
m'efforçai d'écarter une idée me-

naçante ; mais comme si elle se
fût affermie dans sa première
pensée : « Laissez, laissez, dit-
« elle, ce n'est point par de vaines
« paroles que vous me persua-
« derez, j'attends de vous davan-
« tage. Vous m'avez entendue ;
« ce que j'ai dit, je le pense ; ce
« que j'ai annoncé, je le ferai.
« C'en est assez, il est tard, al-
« lons retrouver mon père. »

Nous nous levâmes. Au mo-
ment de quitter cette enceinte, je
me retournai : « Catherine, lais-
« sez-moi regarder encore une fois
« ce lieu où j'ai éprouvé tant de
« sensations différentes. Ici, dans
« une circonstance pénible, j'ai
« vu la vie prête à m'échapper ;

« ici, j'ai reçu une existence nou-
« velle. Je vous la consacre, ô ma
« bien-aimée ! Oui, j'obéirai à
« vos ordres, à votre simple vo-
« lonté, même à vos caprices ; et
« ma soumission dépassera celle
« de ces esclaves dont vous êtes
« entourée. Leur obéissance est
« aveugle, la mienne est éclai-
« rée ; ils craignent la main qui
« les dirige, et moi je la chéris.
« — Fort bien, dit-elle avec un
« léger souris, j'accepte ce pou-
« voir que vous me conférez, et
« pour en faire un premier essai,
« je veux, j'exige que nous ces-
« sions un entretien déjà trop
« prolongé. »

Je lui donnai le bras, et nous

sortîmes de ce lieu. Pendant ce
court trajet, nous gardions tous
deux le silence; par intervalle, je
pressais doucement sa main sur
mon cœur. Sans répondre à cette
faible caresse, elle ne s'y opposait
pas ; et ce que des femmes moins
vertueuses , peut-être , eussent
repoussé comme une tentative of-
fensante, était souffert par elle
comme la pure expression du
bonheur.

Nous rentrâmes dans l'intérieur du château , par le même
chemin qui m'avait conduit, pour
la première fois, dans ce cabinet
de verdure. La dame voulut voir
l'appartement que j'avais habité
si long-temps. Je pris plaisir à lui

faire les honneurs d'un lieu qu'elle
ne connaissait même pas, et à
rappeler une multitude de petites
circonstances auxquelles ma position actuelle donnait un nouvel
intérêt. « Catherine, ici votre
« image m'a souvent occupé. —
« Oui, par oisiveté pure, dit-elle
« en riant. — Certes, j'étais loin
« de vous aimer ; mais je son-
« geais à vous. Un instinct secret
« vous ramenait sans cesse à ma
« pensée. La persévérance de
« votre inimitié m'étonna ; bien
« plus, j'en fus touché ; et mille
« fois je me suis répété : «Oh! com-
« bien il est heureux, celui qui
« occupe une place dans une âme
« aussi forte! Comme elle doit

3.   10

« savoir aimer, celle qui sait haïr
« ainsi ! — Bien, bien, dit-elle
« vivement ; encore une fois,
« c'en est assez. Vous oubliez
« que nous sommes attendus. »

Revenus près du comte, nous
le trouvâmes dans son fauteuil;
cette situation était nouvelle pour
lui. La sérénité d'un beau jour,
une disposition favorable, lui
avaient rendu une ombre de
santé, et il se sentait heureux.
« Ma fille, dit-il, ton absence a
« été bien longue, et je commen-
« çais à en concevoir quelque
« inquiétude. — Il est vrai, ré-
« pondit-elle. Séduite par de
« brillans points de vue, entraî-
« née presque malgré moi, j'ai

« été beaucoup plus loin que je
« ne le voulais. J'ai craint même
« de m'égarer. » Je me hâtai de
l'interrompre : « Cette crainte
« était chimérique, dis-je ; après
« un léger écart, nous sommes
« rentrés promptement dans la
« bonne route, et j'ai promis à
« madame, qu'à l'avenir, jamais
« je ne la presserais de s'en écar-
« ter. — Je reçois votre parole,
« dit-elle, et j'espère n'avoir ja-
« mais besoin de vous la rappe-
« ler. — Quoi ! c'est vous qui
« tenez ce langage, vous qui avez
« tant de fermeté ! — Fort bien,
« mais la fermeté n'exclut pas la
« prudence, et j'ai peur de me
« perdre. — Ma fille a raison,

« dit le vieillard ; il faut bien con-
« naître un pays avant de s'y
« hasarder ; et ici, je ne lui con-
« seillerais pas de vous prendre
« pour guide. Eh bien, monsieur
« l'officier, continua-t-il avec
« gaîté, vous conviendrez, j'es-
« père, qu'on peut jouir d'un
« beau jour en Russie. — Il est
« vrai, répondis-je, celui-ci est
« admirable, et j'en garderai le
« souvenir. — Tel est, dit la
« dame, le cercle étroit de nos
« années : quelques jours bril-
« lans bientôt troublés par des
« orages, puis des glaces éter-
« nelles. — Laissons ces tristes
« idées, dit le comte, et n'em-
« poisonnons pas quelques heures

« de félicité par des réflexions
« inutiles. » Bientôt l'entretien
prit une direction plus conve-
nable à la situation de tous. Les
vives émotions que j'avais éprou-
vées dans cette journée se cal-
mèrent par degrés, et une conversation aimable y fit succéder
de douces sensations. Catherine
paraissait heureuse, ses manières
étaient franches et simples. Sans
chercher mes regards, elle ne les
évitait pas ; et si, par momens,
elle se montrait pensive, bientôt
un léger sourire semblait me dire
que ses méditations ne devaient
pas m'alarmer.

Lorsque l'heure de se retirer
fut arrivée, je crus m'apercevoir

que la dame en éloignait le moment, sous divers prétextes.
J'avais coutume de la conduire,
le soir, jusque chez elle; je jugeai
qu'après ce qui s'était passé dans
la journée, elle craignait de se
trouver seule avec moi, à une
heure toujours dangereuse. Je
saisis l'instant où le comte donnait quelques ordres à son valet
de chambre. « Catherine, dis-je
« à voix basse, je vous en supplie,
« conservez vos douces habi-
« tudes, et montrez de la con-
« fiance à votre ami, il en est
« digne. — Eh bien, dit-elle en
« me prenant par le bras, je vous
« crois. »

Nous sortîmes ensemble; pen-

dant ce court trajet, nous gardions
tous deux le silence. Arrivés devant la porte de son appartement :
« Adieu, Catherine, voilà des
« limites que je ne dépasserai
« jamais. » Sans me répondre,
elle me regarda avec un air de
satisfaction dont je fus vivement
ému. Je sentis que la récompense
suit de près tout sacrifice fait au
devoir, et ce fut à cette sorte de
volupté que je résolus de prétendre désormais.

Lorsque la dame fut entrée
chez elle, je ne pus me résoudre
à chercher un repos qu'il m'était
impossible d'atteindre, et, le cœur
encore palpitant des émotions de
cette journée si pleine, je me

promenai à pas lents dans la galerie, passant et repassant avec précaution devant cette porte que je craignais même de regarder. A ce charme intérieur dont j'étais pénétré, se joignait encore cette espèce de ravissement que causent dans une âme déjà émue, les grandes scènes de la nature.

Nous étions alors au commencement du mois de juillet. Le soir était arrivé depuis longtemps, et il n'était pas nuit encore. Le soleil, après s'être couché, semblait glisser sous l'horizon; un arc de lumière le décelait dans cette marche cachée, et, passant avec rapidité du couchant à l'orient, il était prêt à

reparaître avec un éclat nouveau;
de même que le jour n'avait pas
cessé, le mouvement durait encore parmi tous les êtres; il
n'était que ralenti, et quelques
paysans, errant dans la campagne,
faisaient entendre dans leur langue sonore ces chansons russes
si remarquables par leur douce
mélodie. Dans nos pays méri-
dionaux, la journée prise en tota-
lité se divise en deux parties
distinctes, tandis que, dans ces
contrées boréales, cette diffé-
rence n'a lieu que par saisons.

Non, le ciel n'a rien oublié;
partout même bonté, partout
même grandeur. Dans ces régions
solitaires, la nature si long-temps

3.

glacée, semble revêtir tout à coup sa robe nuptiale. Les fleurs se hâtent d'éclore, les fruits se précipitent vers leur maturité. Des troupes innombrables d'oiseaux de toute espèce, de toute couleur, viennent des pays les plus éloignés peupler ces forêts longtemps silencieuses, et y murmurer leurs amours. Là, comme dans l'heureuse Italie, les passions sont énergiques, les désirs véhémens, les jouissances sont rapides ; partout les mêmes lois régissent l'univers. Ainsi que les lions, les ours ont leurs amours, et les laves du mont Hécla sont aussi brûlantes que celles du Vésuve.

Quoique, l'année précédente,
je fusse arrivé en Russie à peu
près à la même époque, la situation malheureuse où je me trouvais alors ne m'avait pas permis
de donner quelque attention aux
objets extérieurs. Je n'avais rien
vu, rien remarqué, en sorte que
ce tableau, si frappant par lui-
même, avait à mes yeux, tout
l'éclat de la nouveauté. Absorbé
dans une rêverie pleine de charmes, je songeais avec ravissement
à cet être qui était si près de moi;
j'admirais cette nuit sans ténè-
bres, qui, semblable à un voile
léger, couvrait la nature sans la
cacher, et mon âme tout entière
était suspendue entre le ciel et la
terre.

Les heures s'écoulèrent avec
tant de rapidité dans ces méditations, que le soleil était levé
sans que je m'en fusse aperçu, et
je fus très-surpris d'entendre la
cloche du château appeler les
serviteurs au travail. Je passai
dans les jardins pour calmer, par
la fraîcheur du matin, des idées
trop exaltées. Malgré une longue
promenade, je n'y réussis qu'im-
parfaitement, et mes tentatives
répétées pour écarter une idée
dominante ne servaient qu'à la
reproduire avec une plus grande
force.

J'allais reprendre le chemin
du château, lorsqu'un domesti-
que envoyé à ma recherche vint

me dire que j'étais attendu pour
le déjeûner. Arrivé près du comte,
je le trouvai avec sa fille. « Eh
« bien ! monsieur, me dit - il
« d'abord, nos nuits de Russie
« ont donc bien du charme à vos
« yeux, puisque vous les passez
« en entier au dehors. » Je parus
étonné. « Oui, continua - t - il,
« quand on a été par mon ordre
« vous chercher dans votre ap-
« partement, on s'est aperçu que
« depuis hier vous n'y étiez pas
« entré. » La preuve était sans
réplique : je convins de la vérité.
On me demanda la cause d'une
veillée aussi prolongée, je n'en
dis qu'une partie; la dame de-
vina l'autre, et son regard me

montra son mécontentement.
Après le déjeûner, elle me fit
donner par son père le conseil
d'aller prendre du repos. Je voulus m'en défendre, mais elle in-
sista d'une manière qui ne per-
mettait pas la résistance ; je me
vis obligé de me retirer, et je pus
me convaincre qu'en m'aban-
donnant la veille à de vaines illusions j'avais détruit le bonheur
du lendemain.

Je ne perdis pas tout cependant ; je reparus au salon à l'heure
accoutumée, et après le dîner,
nous sortîmes ensemble, Catherine et moi.

Dès que nous fûmes seuls :
« Charles, dit-elle, votre début

« n'est pas heureux. Est-ce donc
« là ce que j'avais droit d'atten-
« dre de vous? Eh quoi! vous
« étiez malheureux, j'ai pris pi-
« tié de votre peine. Rassurée par
« vos promesses, je vous ai
« écouté. Vous avez obtenu ce
« que vous étiez loin d'espérer,
« et déjà vous vous livrez à de
« folles rêveries! » Je voulus me
justifier. « Ah! Catherine, vous
« aurais-je donc offensée en fai-
« sant succéder une nuit heu-
« reuse au plus beau jour de ma
« vie? Je vous jure.....—Lais-
« sez ces vaines protestations,
« elles ne sont dignes ni de
« vous ni de moi. Vous m'avez
« montré de l'amour, j'ai été

« effrayée ; j'ai mieux compris
« les mots d'attachement , de
« tendresse ; enfin vous m'avez
« parlé de soumission, de res-
« pect, et j'ai été rassurée. Mon
« langage a été conforme à ma
« pensée, et déjà vous démentez
« le vôtre, vous vous donnez en
« spectacle par une démarche
« bizarre que chacun voudra ex-
« pliquer à sa manière. Vous
« me feriez douter de votre dé-
« licatesse , même de votre
« amour. » Je m'écriai. Elle continua : « Non, Charles, ce n'est
« pas ainsi qu'on aime ; soyez
« mesuré dans toutes vos actions ;
« donnez au repos le temps pres-
« crit par la nature, et laissez

« ces longues insomnies à ceux
« dont la conscience est troublée,
« ou aux héros de romans ridi-
« cules. — Eh bien! dis-je, je
« vous obéirai, et je rêverai en
« dormant, puisque vous ne me
« permettez pas de rêver tout
« éveillé. » Elle sourit, et l'entretien prit par degrés une tour-
nure plus heureuse.

Enfin, je pus rendre dans toute
son énergie ce sentiment si long-
temps étouffé dans mon sein. On
m'écoutait sans me répondre,
mais on m'écoutait. O dangereuse éloquence d'une âme atten-
drie! Ce désordre du langage,
ces regards enflammés, ces mains
tremblantes, ces vives palpita-

tions dont une autre main cherche à se convaincre ; tout se réu-
nit pour faire naître l'émotion
dans un cœur long-temps insensible, et de l'émotion à l'amour
la pente est rapide.

O vous ! jeunes amans, quels
sont ceux d'entre vous qui, dans
la sincérité de leur âme, n'ont
pas dit cent fois : « Oui, nous
« nous aimerons d'un amour
« épuré ; heureux de parler son
« doux langage, nous en savou-
« rererons les charmes, et d'in-
« nocentes caresses nous conso-
« leront de ces privations que
« nous nous imposerons par no-
« tre seule volonté. » Je vous le
le demande : où ce chemin, si sûr
en apparence, vous a-t-il con-

duits? C'est à vous de répondre. Vous vous taisez. Ah! puisse, puisse du moins une triste expérience préserver ces jeunes émules qui entrent dans la carrière des illusions! Répétez-leur sans cesse qu'une première démarche a causé votre perte. Cette familiarité si séduisante conduit rapidement à la liberté de tout dire. Chaque caresse en amène une plus vive encore. Le point où l'on s'est arrêté la veille devient le point de départ du lendemain; on ne marche plus, on court; et l'on est entraîné, malgré soi, vers un but qu'au commencement d'une liaison on n'eût entrevu qu'avec effroi. Peut-être, pleins

de confiance en leurs sages résolutions, refuseront-ils de croire au
danger ; alors, sans en appeler à
l'expérience des autres, il leur
suffit de la leur : qu'ils se repor-
tent en arrière, à telle ou telle
époque ; qu'ils comparent le chemin parcouru avec celui qui
reste à faire, et qu'ils frémissent !
Oui, toute passion est insatiable ;
elle devient sans cesse plus exi-
geante à mesure qu'elle obtient
davantage ; un premier refus
peut seul arrêter des prétentions
toujours exagérées ; mais ce qu'il
y a de plus difficile en amour,
c'est un refus.

Par malheur, nous manquions
tous deux d'expérience. Un pre-

mier attachement ne m'avait
rien appris sur des dangers dont
je n'avais même pas une juste
idée; quoique alors j'aimasse avec
toute l'ardeur de la première jeunesse, Sophie avait su conserver
cette sorte de dignité que l'âge
donne toujours à qui sait s'en
prévaloir. Quelle que fût ma tendresse pour elle, il s'y joignait je
ne sais quoi de filial qui me retint
long-temps dans de justes limites.
A la vérité, un seul moment avait
failli nous perdre; mais j'avais
toujours regardé cet instant d'oubli comme un événement purement fortuit. J'ignorais, nous
ignorions tous deux que, dans une
liaison tendre, des circonstances

nouvelles ramènent sans cesse les
mêmes dangers, qu'elles finis-
sent par être fatales à ceux qui
osent en courir les risques, et
qu'on n'y échappe que par une
décision énergique, ainsi qu'avait
fait cette Sophie, aussi coura-
geuse que sensible.

Certes, Catherine l'égalait en
vertu; son jugement était droit,
ses résolutions étaient sincères;
mais une éducation solitaire, en
lui conservant sa pureté, lui
laissait ignorer les orages du
cœur. D'abord, on me laissa parler, bientôt on parut convaincu;
et toujours plus tendre, parce que
l'on comptait plus sur soi-même,
on finit par accorder ces légères

faveurs qu'un amant réclame toujours comme la dernière, sans
qu'elle le devienne jamais.

Telle était notre situation à
tous deux : le lecteur la jugera
dangereuse ; elle ne nous le parut
pas, et une circonstance nouvelle, qui aurait dû nous éclairer,
ne servit qu'à précipiter notre
course.

Après un long intervalle, le
colonel donna enfin de ses nouvelles. Il écrivait de l'armée d'Allemagne, et donnait au comte, ainsi
qu'à moi, des relations pleines
d'intérêt sur les opérations militaires dont il annonçait à l'avance
les résultats. Quelque pénibles
que me fussent ces détails, au

moins ils m'instruisaient de la
vérité, et je voulais la savoir. Le
comte, par un motif légitime,
ressentait une satisfaction qu'il
tâchait en vain de contenir. Mais
la dame ne pouvait dissimuler
son mécontentement. Après s'ê-
tre plainte du long silence de son
mari, elle accusa la froideur de
ses lettres. Elle n'y retrouvait
plus ces vives expressions qui la
ravissaient aux premiers temps
de leur correspondance. Tout lui
parut changé. Hélas! c'était elle-
même qui avait changé. Ce langage passionné qui, depuis quelque temps, retentissait à son
oreille, avait produit son dange-
reux effet; il l'avait désenchantée

sur tout autre. Elle ignorait que
l'amour peut vivre avec l'hymen,
qu'il en fait le charme le plus
doux, mais que la passion y devient étrangère. Le parfait accord
entre deux époux, la confiance,
la quiétude, qui en sont les heureux effets, excluent nécessairement ces transports, ces désirs
ardens, ces anxiétés douloureuses qui caractérisent l'amant. Ce
ne sont plus les flammes de l'amour, c'en est encore toute la
chaleur. Jeunes femmes qui devenez épouses de l'être que vous
aimez, redites -vous sans cesse
que ses manières doivent changer, du jour qu'il a des droits.
Ces hommages délicats, ce sacri-

fice de toute volonté, ces tendres
prières, tout cela n'existe plus,
et ne peut plus exister. Bien
mieux, celui qui continuerait ce
rôle, près d'une femme devenue
la sienne, la ferait sourire, parce
qu'elle n'y verrait qu'une marque
de faiblesse, et elle ne manque-
rait pas d'en abuser, parce qu'on
est toujours injuste envers l'être
faible.

J'eusse rougi de profiter d'une
disposition que je ne pouvais ap-
prouver. Je ne craignis pas de
montrer à la dame la conduite
de son mari sous son véritable
jour, et sans être arrêté par mon
propre intérêt, j'osai lui rappeler
la cause du changement dont elle

se plaignait. Je n'atteignis pas
mon but; on persista dans des
accusations sans fondement; et
ce que je faisais par un pur principe de délicatesse finit par être
attribué à la tiédeur. J'eus peu
de peine à me justifier; mais par
cet esprit d'inconséquence com-
mun à tous les hommes, comme
si j'eusse assez fait pour l'hon-
neur en défendant un moment la
cause de l'absent, je ne m'occu-
pai plus que de mes propres intérêts, et ce nuage d'un moment
rendit encore notre tendresse
plus vive. Liberté du langage,
familiarité dans les manières,
rencontres de tous les momens,
tout semblait se réunir pour com-

pléter notre ivresse ; et nous pen-
sions de bonne foi, qu'en attei-
gnant le dernier degré des jouissances de l'âme, nous échap-
pions pour jamais à l'empire des
sens.

Le comte avait trop d'expérience, il avait l'esprit trop pé-
nétrant pour ne pas deviner une
partie de la vérité ; sans changer
de manières à mon égard, il se
montra plus cérémonieux ; son
entretien, ordinairement léger,
prit une sorte de gravité ; quelquefois même il essayait de parler
morale, langage peu familier aux
hommes de sa nation ; et, loin de
favoriser nos promenades ainsi
qu'il avait fait jusqu'alors, il

semblait chercher des moyens
indirects d'y mettre des obstacles.
Une circonstance qui survint ne
le servit que trop bien : la goutte
le saisit de nouveau, et quoique
cette fois le mal ne présentât
pas un grand danger, dès ce moment nous ne quittâmes plus le
lit du malade ; la nuit même
nous restions constamment à ses
côtés. Mais, par attention, il
exigea bientôt que l'un de nous
allât prendre du repos pendant
que l'autre veillerait près de lui ;
afin que, nous relevant tour à tour,
la fatigue ne fût pas trop forte
pour chacun.

Cet ordre fut suivi avec exactitude ; ainsi le vieillard n'était

jamais seul, et lorsque l'heure
fixée était arrivée, la femme de
chambre Julie avait l'ordre d'a-
vertir celui qui reposait, de venir
reprendre son poste. Il résulta de
cet arrangement que, réunis,
Catherine et moi, pendant la plus
grande partie du jour, nous ces-
sions de nous voir à l'approche
du soir, et jamais nous n'étions
dehors ensemble. Dès-lors, plus
de promenades, plus de rencontres dans la galerie, plus d'en-
tretiens secrets. A peine quelques
regards furtifs, quelques paroles
jetées à la dérobée, nous rappe-
laient, par éclairs, une situation
plus heureuse. Dans un de ces
courts momens que deux amans.

trouvent toujours, parce que tous
deux cherchent à les faire naître :
« Eh quoi! dis-je, c'en est donc
« fait! Un jour passé sans vous
« avoir répété que je vous aime
« est retranché de ma vie! ô Ca-
« therine! voilà bien des jours
« perdus! » Elle sourit : « Quoi!
« vous m'avez déclaré votre ten-
« dresse, je vous ai écouté, et
« vous osez vous plaindre! Ah!
« Charles, nos cœurs, ces cœurs
« qui s'entendent si bien, se-
« raient-ils donc d'une nature
« différente? Heureuse d'être ai-
« mée, satisfaite de vous voir
« près de moi, je ne désire rien
« au - delà, et je m'applaudis
« d'une situation qui me laisse

« jouir des douceurs de l'amour
« en même temps qu'elle nous
« préserve de ses périls. Oui,
« j'aime jusqu'à ces obstacles qui
« nous séparent; ils me rassu-
« rent contre vous, contre moi-
« même; et, d'autant plus ex-
« pansive que je me sens plus en
« sûreté, je vous accorde sans
« peine un aveu que vous n'eus-
« siez jamais obtenu dans toute
« sa plénitude. » Nous étions
à portée d'être entendus; un léger serrement de main fut ma
seule réponse; et, rappelant sans
cesse à ma pensée ces mots heureux, ils firent le charme de tous
mes momens.

« Oui, oui, me disais-je avec

« ravissement, elle a raison, Ca-
« therine, mille fois raison. Il
« n'est de jouissances véritables
« que celles qui ne troublent pas
« la paix de l'âme. O qu'il est
« doux le sort de deux êtres qui
« se comprennent d'un regard,
« qui sont sûrs l'un de l'autre ;
« pour qui le passé est sans re-
« mords, et qui ne voient dans
« l'avenir qu'une longue série de
« jours aussi purs que celui dont
« ils jouissent ! » Hélas ! comme
le jeune enfant qui cueille des
fleurs au bord d'un précipice, je
ne soupçonnais même pas que le
danger pût être si près de moi.
Je touchais à l'instant où ce vain
échafaudage allait s'écrouler ; je

3.   13

pus voir, dans toute leur nudité,
ces vains raisonnemens dont j'a-
vais été séduit; et détestant ma
témérité, je frémis à l'idée du châtiment. Il fut terrible ; je l'ose
dire, il dépassa la faute.

Dans une de ces nuits où nous
veillions alternativement près du
comte, il avait été convenu, entre
la dame et moi, que je resterais
à côté du malade jusqu'à l'aube
du jour, et qu'à ce moment elle
viendrait prendre ma place. La
femme de chambre Julie reposait sur un sofa dans un coin
de l'appartement. L'heure arrivée, je m'approchai d'elle pour
l'envoyer vers sa maîtresse ; la
pauvre fille dormait d'un som-

meil profond que je me fis un
scrupule de troubler, après tant
de nuits fatigantes; le comte reposait tranquillement; de sorte que,
ne voyant aucun inconvénient
à le quitter, je pris le parti d'aller
moi-même avertir la dame. Je
l'atteste, aucune arrière-pensée ne
motiva cette démarche si simple
en elle-même. Arrivé à son appartement, à cette porte que jamais je n'avais franchie, le trouble me saisit. Le pas que j'allais
faire me parut immense; j'en fus
épouvanté. Après un moment
d'hésitation, je frappai doucement. Par malheur, on ne répondit pas. Je réitérai, même silence.
Je vins à m'imaginer qu'il n'y

avait personne, et par une fausse
conséquence de cette idée, je me
décidai à entrer. En effet, qu'a-
vais-je à faire en ce lieu, si celle
que je cherchais n'y était pas?
Enfin, cédant à ma première pensée, ou plutôt entraîné par un
sentiment que je ne m'avouais
pas, j'ouvris doucement la porte.
Je crus d'abord que ma conjec-
ture était juste, et voyant un lit
encore intact et des volets ou-
verts, je jugeai que la dame était
allée prendre du repos ailleurs.
Rassuré par cette idée, moins en
garde contre moi-même, je pus
donner quelque attention aux objets dont j'étais environné. Ces
draperies légères, ces meubles

précieux; un plafond représen-
tant des danses de nymphes, des
tableaux des plus grands maîtres
d'Italie, tous rappelant des scènes voluptueuses; tout ce qui
s'offrait à mes regards eût jeté le
trouble dans une âme tranquille :
quel devait en être l'effet sur ce
cœur brûlant de tous les feux de
l'amour! « Oui, me disais-je
« avec transport, ces meubles
« élégans sont tous à son usage;
« elle s'est assise dans ce fauteuil;
« cette glace a répété ses traits;
« ses yeux, ses beaux yeux se
« sont fixés mille fois sur ces vi-
« ves peintures. Ici, tout est em-
« preint, tout est plein d'elle; je
« la vois, je la retrouve partout. »

Et, en dépit de mes premières réflexions, je murmurais tout bas : « Oh! pourquoi n'y est-elle « pas en effet? »

Après quelques momens de contemplation, j'étais sur le point de me retirer; déjà j'avais fait quelques pas, lorsque, me retournant encore une fois, j'aperçus dans le fond de l'appartement une porte entr'ouverte que je n'avais pas vue d'abord. Une faible lumière partait de ce côté, c'était celle d'une veilleuse déjà effacée par le jour naissant. Poussé par la curiosité (non, ce n'était pas de la curiosité), je revins sur mes pas, et j'osai ouvrir cette porte. Quel spectacle! dans un boudoir

éblouissant par toutes les riches-
ses du luxe, Catherine était couchée sur un lit de repos ; elle était
vêtue à peine ; et, dans une molle
attitude, elle dormait d'un sommeil paisible. Je demeurai immobile de saisissement. Je regardais avec des yeux avides ces
formes que, jusque-là, j'avais pu
deviner peut-être, mais que jamais je n'avais aperçues. J'aurais
dû fuir, des liens invisibles me
retenaient à cette place ; je me
sentais attaché, enchaîné. Quelle
est puissante cette force secrète
qui nous précipite vers l'objet
aimé! L'enfer, le ciel même n'eussent pu m'arracher à cette contemplation ravissante. Je m'en-

ivrais à longs traits d'une volupté
délicate, lorsque la dame fit un
léger mouvement; sa bouche sourit, et un doux murmure échappé
de son sein, plutôt que de sa
bouche, frappa mon oreille. Cédant à l'entraînement, je tombai
à ses pieds, et saisissant sa main,
j'y collai des lèvres brûlantes.
Elle ouvrit lentement les yeux,
puis fixant sur moi des regards
encore incertains : « Grand Dieu!
« dit-elle d'une voix que j'en-
« tends encore, ce n'est donc pas
« un songe! Le voilà, c'est lui. »
Mais rappelant tout à coup ses sens
un moment égarés, elle jeta rapidement un coup d'œil sur ses
vêtemens en désordre, et confuse

d'avoir été vue dans cette situation : « Charles, Charles, que
« faites-vous ici, pourquoi y êtes-
« vous venu ? —Je ne sais, ré-
« pondis-je en balbutiant. Tout
« dort là-bas ; je n'ai voulu éveil-
« ler personne ; moi - même je
« suis venu vous che██████et
« je me trouve ici sans en avoir
« eu jamais la pensée. — C'est
« bien, c'est bien ; mais allez
« vous-en, fuyez. » Et sa voix
tremblante montrait son extrême
agitation. En parlant ainsi, elle
s'efforçait de réparer d'une main
trop empressée le désordre de
sa parure, et ses regards confus
osaient à peine s'élever jusqu'à
moi. C'en était trop. « Cathe-
« rine, ô Catherine ! m'écriai-je,

« laisse un moment ton ami près
« de toi; il a gémi d'une longue
« privation, souffre qu'il te pro-
« digue ces caresses qu'un cœur
« trop plein ne peut plus conte-
« nir. » En disant ces mots, je
baise ses mains avec ardeur.
De plus en plus enflammé, sa
vive résistance ne servit qu'à ac-
croître mon audace; déjà elle
n'avait plus de bornes, lorsque,
se levant avec impétuosité, elle-
même se précipita à mes pieds.
« Charles, Charles, s'écria-t-
« elle avec l'accent de la douleur,
« au nom du ciel, épargne-moi.
« Tu as été le libérateur du mari,
« deviens celui de la femme, et
« sauve-les tous les deux. » O
qu'elle a d'empire la voix sup-

pliante d'une femme adorée! Je
la regardai avec attendrissement;
puis, me hâtant de la relever, je
la plaçai sur ce petit lit. Assis
à ses côtés, je passai un bras
autour de sa taille élégante, et
la pressant contre mon cœur :
« Oui, oui, femme chérie,
« commande, ordonne, tu as
« sur moi tout pouvoir, tu peux
« même arrêter l'effet de tes
« charmes. » Touchée de ces
paroles, elle me serra la main,
et d'une voix émue : « O qu'il
« est doux d'être aimée ainsi!
« Charles, mon Charles, tu me
« donnes la plus forte preuve
« d'amour, reçois-en la récom-
« pense; c'est le cœur qui te la

« donne, elle vaut mieux qu'une
« faveur arrachée. » Au même
instant sa bouche vint au devant
de la mienne, et un baiser de feu
confondit nos âmes. O déplorable
effet d'un mouvement généreux!
A peine ses lèvres eurent touché
les miennes, qu'un transport subit me saisit; hélas! il nous saisit
tous deux. Éperdu, hors de moi,
je l'entourai de mes bras, je me
sentis pressé dans les siens.......
Que dirai-je encore? je devins
aussi coupable que je pouvais
l'être, et mon ivresse fut par-
tagée.

Eh quoi! tant de promesses,
tant de sermens, je ne crains
pas de le dire, tant de vertu des

deux côtés, un seul instant avait tout détruit! Rendu à la raison, je gémis de mon égarement, et je pensai avec terreur aux suites terribles qu'il pourrait avoir sur celle que j'avais amenée à y participer. J'osai lever les yeux sur elle ; sa contenance était immobile, son regard était fixe ; après un long silence que j'eusse craint d'interrompre : « Tombée, pré-« cipitée, perdue à jamais ! s'é-« cria-t-elle du ton du désespoir. « Grand dieu, vous le savez, « je n'étais pas née pour le cri-« me, je n'y survivrai pas. » Ces mots me glacèrent de terreur. Je voulus prendre la parole ; qu'a-vais-je à dire qui pût adoucir sa

douleur ? rien sans doute ; du
moins elle eût pu juger de la
mienne ; mais comme si elle eût
dédaigné cette association, elle
m'arrêta tout d'abord. « Bien ,
« dit-elle avec amertume, parlez-
« moi de vos regrets, poursuivez
« cette feinte odieuse.... Mais
« pourquoi vous accuserais-je ?
« être malfaisant, vous avez
« obéi à l'instinct du mal ; c'est
« moi qui suis coupable, et j'en
« porterai la peine. » En disant
ces mots, elle se leva avec impétuosité ; je voulus l'arrêter par
son vêtement : «Laissez-moi, dit-
« elle, ne me touchez pas, vous
« me faites horreur. »

«—Catherine...de grâce, écou-

« tez-moi : vous étiez attendue
« là-bas. Je tremble qu'on ne
« soit éveillé, votre père......—
« Ah! oui, j'ai un père, un père
« bien tendre; il pardonnerait
« peut-être à son indigne fille...
« mais j'ai un autre juge. » Elle
me fit signe de sortir; j'obéis, et
courant en hâte chez le comte,
j'eus du moins la satisfaction de
voir que tout était là dans la
même situation qu'au moment
où j'en étais sorti. Sa fille entra
quelques instans après, et je me
retirai selon mon usage de chaque
jour.

Seul, chez moi, je réfléchis de
sang-froid sur ce qui venait de se
passer; la conduite que j'avais
tenue m'apparaissant alors sous

son véritable jour , je me jugeai
à toute rigueur. Séduction , abus
de confiance , ingratitude enfin ,
tels étaient mes chefs d'accusation
contre moi-même. Je me sentis
coupable , criminel même , et je
prononçai ma condamnation.
C'est alors que j'appréciai à sa
juste valeur cette manière misérable de s'excuser en rejetant
la faute sur l'excès de la passion.
En effet, si le dernier pas peut se
faire contre notre propre volonté ,
le premier est à nous seuls , et
tous les autres sont la conséquence de celui-là.

Mais j'avais fait le mal , et
des remords ne réparaient rien.
Que devais-je faire maintenant ?

Une femme sensible, vertueuse, s'était écartée de ses devoirs par ma faute; désespérée de sa chute, elle en détestait l'auteur, elle se détestait elle-même; et j'avais à redouter, de cette âme si vive, si fière, quelque démarche éclatante dont l'idée seule me faisait frissonner. Enfin, comme il arrive toujours dans les maux sans remède, je m'abandonnais aux chances de ce destin souvent plein d'indulgence et quelquefois si sévère.

Cependant il fallait reparaître chez le comte, ce moment me fut pénible. Aussitôt qu'il m'eut aperçu: «Venez, monsieur, aidez-«moi à rendre à la raison une « jeune femme dont un songe « trouble la tête. — Oui, dit-

3.   14

« elle d'une voix lente, un songe
« affreux..... un songe qui me
« tue. — Vous l'entendez, con-
« tinua-t-il; comprenez-vous
« qu'un être raisonnable ait une
« telle faiblesse? Croyez-vous
« aux rêves, vous? » La dame me
regarda fixement. J'hésitais à
répondre. « Monsieur le comte,
« dis-je enfin, je n'ose rien nier;
« je pense que le ciel peut nous
« annoncer de tristes vérités par
« des voies qui nous sont incon-
« nues; mais je regarderais ces
« communications secrètes com-
« me des leçons et non comme
« des menaces. — Pures chimè-
« res que tout cela! Veux-tu t'en
« convaincre, Catherine? prends

« une note exacte du jour, de
« l'heure même où tu as eu cette
« vision, et attends avec tran-
« quillité les premières nouvel-
« les, alors tu en jugeras plus
« sainement. » La dame se tournant vers moi : « Entendez-vous
« ce que dit mon père? Écrivez. »
Je restais incertain. « Écrivez,
« vous dis-je. » Je pris une plu-
me et de l'encre. « *Le 8 sep-*
« *tembre......* En plus grands
« caractères.... Plus grands en-
« core. — *Le 8 septembre à*
« *5 heures du matin.* — C'en
« est assez. » Elle-même prit le
papier, et le mettant à une glace : « Je veux qu'il reste là,
« afin que cette époque fatale

« soit toujours présente à mes
« regards , comme elle res-
« tera toujours dans ma pen-
« sée. » Et sa tête retombant sur
sa poitrine , elle parut plongée
dans une méditation profonde.
Le comte en fut ému. « Ma
« fille, ma chère fille, veux-tu
« donc désespérer ton vieux père?
« Si ce mari qui cause ton inquié-
« tude pouvait deviner ce qui
« se passe ici, il aurait pitié de
« ta faiblesse. — Pitié ! s'écria-
« t-elle en soupirant amèrement;
« ah! oui, c'est à sa pitié seule
« que je dois prétendre. — Ca-
« therine, rappelle-toi que dans
« une circonstance cruelle, mal-
« gré l'excès de ta douleur, tu

« montras du courage. L'état où
« je te vois aujourd'hui me fait
« croire que tes craintes ne sont
« pas de la même nature. Peut-
« être une imagination trop vive
« t'aura présenté ton mari com-
« me infidèle. Je ne te demande
« pas ton secret; garde-le; mais
« rappelle-toi sans cesse que
« tous les hommes sont légers,
« et que les femmes seules sont
« vertueuses. Un époux jeune
« est quelquefois entraîné dans
« des écarts dont il rougit bien-
« tôt; mais une femme honnête
« le ramène toujours, et ma fille
« est sans reproche. »

Oh! comme ces paroles d'un
père déchirèrent le cœur de sa fille,

ce cœur si cruellement blessé! Un
frisson mortel la saisit; elle n'é-
clata pas cependant; mais l'altération subite de ses traits me fit
assez connaître ce qui se passait
au dedans d'elle. Sans en pénétrer
la véritable cause, le comte en
fut attristé; il lui tendit la main;
et brisant un entretien trop pénible pour tous, il parla de choses
indifférentes.

Pendant le reste de la journée,
je cherchai vainement l'occasion
d'entretenir Catherine. Avec
quelle chaleur je lui aurais peint
mon repentir! il était sincère, et,
par une erreur trop commune,
mesurant la délicatesse d'une
femme sur mes propres sen-

timens, je m'efforçais de ne voir qu'une erreur pardonnable dans ce qu'elle jugeait mériter une condamnation éternelle.

Enfin, vers le soir, elle se mit à une fenêtre, à l'autre extrémité de l'appartement ; et elle semblait regarder avec attention ce qui se passait au dehors. J'osai m'approcher d'elle. Je la regardai ; elle paraissait tranquille ; ses yeux étaient fixés sur des objets qu'elle ne voyait même pas, et elle versait des larmes abondantes. Elles cessèrent dès qu'elle me vit à ses côtés. « Catherine, ô Catherine ! « pleurez avec celui qui fut votre « ami, et que le ciel nous par- « donne à tous deux ! » Elle voulut

parler, et la parole s'arrêtait sur
ses lèvres ; enfin, d'une voix tremblante : « Charles, consolez-vous,
« et me laissez mourir ici. » Je
m'écriai : « Oui, allez dans votre
« France, proclamer votre triom-
« phe. Dites, dites partout, qu'au
« fond de la Russie, une jeune
« femme vivait innocente, heu-
« reuse, qu'elle est devenue cri-
« minelle, et que.... » Je la regardai avec terreur ; elle n'acheva
pas, et quittant la place, elle alla
s'asseoir près de son père. Lorsque l'heure de se retirer fut arrivée : « Catherine, dit-il, je me
« porte mieux, et je veux que,
« dès aujourd'hui, chacun re-
« prenne ses premières habi-

« tudes. » Je pris congé du comte,
et le laissai avec sa fille; en la
quittant, je la suppliai à voix
basse de prendre un peu de repos;
mais me montrant ce papier qui
était à la glace : « Là, dit-elle, est
« marquée ma dernière heure de
« sommeil. »

Après avoir passé une nuit
agitée, je la revis à cette même
place qu'elle occupait la veille.
Le désordre de sa parure me fit
craindre qu'elle ne se fût pas couchée; je ne m'étais pas trompé.
Julie m'apprit que, retirée chez
elle peu après que j'eus quitté son
père, elle avait passé la nuit entière à marcher avec une extrême
agitation dans son appartement.

Le comte fut effrayé de l'état où il
la voyait; mais craignant de montrer l'impression qu'il en ressentait, il ne voulut pas revenir
sur l'entretien de la veille, et il
s'efforça de calmer par de douces
caresses une imagination blessée.
Elle entendit ce langage, sans
pouvoir y répondre; son âme tendre et délicate semblait recueillir
avec avidité ces marques de tendresse; le sourire du bonheur ef-
fleurait ses lèvres, et dans le même
instant ses regards douloureux
montraient le trouble de son cœur.
A table, il cherchait à rappeler
ses goûts; il la servait avec empressement; elle ne refusait rien
de ce qu'il lui offrait; mais ses

efforts s'arrêtaient là. Saisi de ces idées douloureuses, les soupçons qu'il avait conçus d'abord s'évanouirent quand il vit tout à coup son enfant chéri dans ce cruel état; et loin de mettre obstacle à nos promenades, ainsi qu'il avait fait depuis quelque temps, il tâchait d'en faire naître les occasions, cherchant pour elle tous les moyens de distraction; mais lorsqu'elle s'apprêtait à sortir, si je hasardais un pas pour la suivre, un geste expressif me retenait à ma place.

C'est ainsi que, plus d'une fois, resté seul avec le comte, nous gémissions ensemble de la triste position de sa fille. Il s'efforçait

en vain d'en pénétrer la cause; et
sa tendresse ingénieuse lui sug-
gérait chaque jour quelque projet
nouveau. Tantôt il voulait la mener à la cour; tantôt il imaginait
de la conduire aux eaux. Revenue
près de lui, il lui faisait part de
ces projets; elle en paraissait touchée, et sans rien discuter, elle
se refusait à tout.

Privée de nourriture, de repos,
bientôt son état devint inquiétant.
Ce n'était plus cette jeune femme
brillante du feu de la première
jeunesse. Ces yeux si vifs per-
dirent peu à peu leur éclat; sa
voix devint lente et faible. Elle
n'en était que plus attrayante
peut-être. Celui qui l'eût vue

alors, pour la première fois, eût
été touché de ses charmes mélan-
coliques. Quel devait en être l'effet sur un être qui ne connaissait
que trop la cause de cette langueur, et qui seul devait s'en accuser !

Depuis près d'un mois je
voyais, avec effroi, décliner ses
forces ; ses sensations les plus pro-
noncées s'affaiblissaient dans la
même proportion, et quoique ma
présence lui fût toujours douloureuse, elle n'avait même plus le
courage de m'éloigner d'elle. Elle
souffrait que je me misse à ses
côtés, que je lui adressasse la parole. Dans ces occasions, j'es-
sayais timidement de la rappeler

à sa propre conservation ; je lui
parlais de son père, de la douleur
d'un vieillard, de la mienne. « Que
« ne nommez - vous aussi , dit-
« elle, cet être qui vous croit son
« ami, cet être que j'ai trahi in-
« dignement?....Et vous me pro-
« posez de vivre ! grand Dieu ! »
Je voulus répondre , elle me fit
signe de me taire, et elle retomba
dans ses tristes méditations.

Un soir que nous étions réunis,
un serviteur entra avec empressement, apportant des lettres tim-
brées de l'armée. Le courrier
d'Allemagne arrivait toujours le
matin , et ce changement nous
causa un moment d'inquiétude.
Le comte se hâta d'ouvrir le pa-
quet : « Catherine, c'est de ton

mari. » Et il me remit ce qui était
à mon adresse. Le prix dont j'avais
payé l'attachement du colonel se
présenta à ma pensée, et je rougis
de recevoir de lui des marques
d'amitié lorsque je ne les méritais plus. Enfin j'ouvris sa
lettre; je laisse à penser quelle
impression je ressentis lorsque
je lus ces mots :

Au camp, près Dresde, le 6 septembre 1813 (1).

« Mon cher Charles, j'étais
« hier de service près de l'em-
« pereur; j'ai saisi l'occasion de
« lui faire un récit rapide de votre
« conduite à mon égard; son
« âme généreuse en a été émue,

(1) Correspondant au 25 août, veille de la
bataille de Dresde, qui eut lieu les 26 et 27.

« et sans attendre que je lui de-
« mandasse votre liberté, lui-
« même en a donné l'ordre de sa
« main. Je me hâte de vous en-
« voyer cet écrit. Partout, dans
« notre empire, il vous fera trou-
« ver aide et protection ; il sera
« respecté même des étrangers.

« Ici, tout se prépare pour une
« bataille décisive ; elle aura lieu
« demain. De part et d'autre, les
« dispositions sont formidables ;
« les Français sont braves , nos
« Russes ont du courage. Le choc
« sera terrible ; gardez-en le se-
« cret. Adieu, mon cher Charles ;
« nous nous reverrons un jour,
« soit dans votre patrie, soit dans
« cette patrie commune à tous
« les hommes.

« P. S. Je charge de cette dé-
« pêche un courrier qui part
« pour Saint - Pétersbourg ; elle
« vous parviendra plus tard, mais
« plus sûrement qué par la voie
« ordinaire. »

Entraîné par un premier mouvement : « Grand Dieu ! m'écriai-je,
« je suis libre ! » Le comte me regardait avec étonnement ; sa fille était
immobile. Alors, d'une voix tremblante, je lus la première partie
de la lettre du colonel, et je remis
au comte l'ordre de l'empereur
Alexandre ; il le parcourut rapidement, le passa à la dame, puis
me tendant la main : « Monsieur,
« je me réjouis avec vous de la
« grâce que vous accorde mon

« souverain ; elle est digne de lui,
« elle est digne de vous, et mon
« gendre est heureux de vous
« montrer sa reconnaissance. »
Confus, troublé à ces mots : « Non,
« monsieur le comte, je ne mérite
« pas ce que l'on fait pour moi.
« Tout homme est capable d'un
« éclair de générosité ; il n'ap-
« partient qu'aux âmes supé-
« rieures de ne se point démentir.
« Vous et votre fils êtes de nobles
« créatures ; je ne suis qu'un être
« vulgaire. » Je regardai Catherine, elle fit un léger signe d'ap-
probation ; puis, faisant effort sur
elle-même : « Monsieur, je vous
« félicite de votre délivrance ; par
« malheur, elle arrive trop tard

« pour tout le monde. — Tu as
« raison, ma fille, il en eût revu
« plus tôt sa patrie, et nous n'eus-
« sions pas contracté une habi-
« tude qui sera pénible à rompre.
« Mais il en restera des souvenirs,
« et toi - même, Catherine, tu
« n'oublieras pas... — Non, non,
« mon père, je n'oublierai rien.

« — Monsieur, dit le vieillard,
« celui qui a été long-temps pri-
« sonnier, est pressé de jouir
« de ses droits ; vous voudriez
« partir demain, sur-le-champ,
« peut - être. — Monsieur le
« comte, des motifs puissans
« m'appellent en mon pays, vous
« le savez ; mais, je l'atteste, je
« ne quitterai ces lieux qu'avec
« une douleur mortelle, et un

« devoir rigoureux peut seul m'y
« résoudre. Quant au moment ,
« c'est à vous, monsieur, c'est
« à madame qu'il appartient de
« le fixer. » Puis me tournant vers
elle : « La seule, la dernière grâce
« que je vous demande, est de
« n'y pas mettre trop de rigueur.
« —Je ne dois pas vous répondre.
« — Parlez, parlez, je vous en
« supplie, et je jure d'exécuter
« vos ordres quels qu'ils soient.
« —Eh bien, donnez encore une
« journée à mon père, et qu'après-
« demain matin.... » Elle n'a-
cheva pas. Je fis un geste de
douleur, elle ne parut pas s'en
apercevoir. Nous gardions tous
le silence. Après quelques instans,

elle se leva et se retira d'un pas chancelant; mais au moment de sortir, elle se retourna vers moi pour me faire une légère inclination.

Le comte parut étonné: « Mon-
« sieur, ma fille croit vous servir
« en vous demandant si peu ;
« mais je trouve le terme trop
« précipité ; ne le pensez-vous
« pas? Je répondis qu'il ne m'ap-
« partenait pas de rien changer
« aux décisions de la jeune dame,
« et que je lui obéirais, quoi
« qu'elle pût ordonner. — Fort
« bien, dit-il en souriant; je
« vois que Catherine avait raison.
« Adieu donc ; demain nous
« reviendrons sur ce sujet, et

« nous nous occuperons des
« moyens d'exécution. »

Seul dans mon appartement,
je pus me livrer aux sensations
dont j'étais accablé. Qu'elle est
étrange cette faculté de l'âme
qui nous fait éprouver en même
temps des sentimens entièrement
opposés! Mon cœur bondissait à
l'idée de revoir enfin ma famille
et ma patrie, et dans le même
instant, ce cœur était déchiré
par l'image de cet être dont j'a-
vais détruit le bonheur. Sans
doute ma présence lui était im-
portune, douloureuse même; son
empressement à m'éloigner ne
me le prouvait que trop; mais il
ne me justifiait pas, et je voyais

une sorte d'indignité dans ce délaissement volontaire dont j'allais payer sa tendresse. Il me paraissait plus odieux encore en songeant que j'abandonnais aux remords celle qui ne les avait connus que par ma faute. Hélas ! moi seul devais les éprouver. La Providence avait tout fait en ma faveur; j'avais détruit son ouvrage, et le moment qui devait être le plus beau de ma vie en devenait le plus cruel.

Après une nuit sans sommeil, tourmenté par des réflexions désespérantes, je me levai dès l'aurore, sans résolutions pour le jour, et ne songeant qu'avec terreur à celui qui devait suivre.

Hélas! j'étais loin de prévoir ce qu'il aurait de terrible.

Lorsque je me rendis près du comte, sa fille, contre son usage, n'avait pas encore paru. Il reprit avec bonté l'entretien de la veille : « Monsieur, j'ai pensé mûrement « au long voyage que vous allez « entreprendre ; si vous m'en « croyez, au lieu de traverser « un pays en armes où chaque « pas vous forcerait à des ex- « plications nouvelles, vous vous « embarquerez à Riga, et de là « vous arriverez, sans trop de « fatigues, à votre destination. « On vous conduira d'ici jusqu'à « cette ville, et mes gens ne vous « quitteront qu'au moment où

« vous monterez sur le vais-
« seau. » Ce conseil me parut
plein de sagesse, et j'en remer-
ciai le comte avec chaleur, lorsque sa fille entra. Je la regardai
avec attention : sa parure était
plus recherchée que de coutume;
sa contenance était calme; tout en
elle annonçait une volonté ferme
de se montrer inaccessible à toute
espèce d'émotion; et dans le même
instant, ses regards, le son de sa
voix, ses paroles incertaines, montraient le trouble de son âme. Son
père lui fit part de ses projets à mon
égard; elle approuva tout; elle
ne dédaigna même pas d'imaginer quelques précautions tendant
à rendre ce voyage moins péni-

3.   16

ble; et quoiqu'elle ne dît pas un seul mot qui pût en retarder le moment, elle n'en parla qu'avec les marques de l'intérêt.

La plus grande partie du jour se passa dans un entretien également pénible pour tous. A l'issue du dîner, le comte exigea que, selon son ancien usage, sa fille allât faire un tour au dehors; elle s'y refusa long-temps; enfin, cédant à ses instances, elle se disposa à sortir. Prêt à la quitter pour jamais, je ne pus soutenir l'idée de m'éloigner ainsi, et je me résolus à la suivre; mais pour qu'elle ne s'y opposât pas, je lui demandai à haute voix la permission de l'accompagner. Elle craignit de me refuser devant son père; mais pour éluder l'effet de ma demande : « Volontiers, dit- « elle; mais, qu'on appelle Julie. » Nous sortîmes pour gagner la principale avenue qui conduisait au château. La femme de chambre nous accompagna d'abord. Le seul instinct avait fait deviner à une jeune fille ce que le comte avait à peine soupçonné, et par une sorte d'obligeance commune aux êtres de son espèce, après avoir marché quelques momens auprès de nous, elle finit par rester en arrière.

Aussitôt que nous fûmes seuls : « Catherine, lorsque vous ren- « voyez de votre maison celui

« qui fut votre ami, lui refuse-
« rez-vous un dernier regard ?...
« Vous vous taisez..... Vous dé-
« tournez la tête..... Il est donc
« vrai que vous me haïssez ? —
« Charles, pourquoi ces vaines
« explications? Lorsque j'ai cru
« voir en vous un des meurtriers
« de mon mari, je vous ai haï.
« Je vous ai aimé quand j'ai re-
« connu son libérateur; aujour-
« d'hui je demande à vous-mê-
« me quels doivent être mes
« sentimens à votre égard. —
« Oui, je reconnais ma faute, et
« je la déteste. Depuis un mois,
« elle fait mon supplice comme
« le vôtre. Catherine, je l'ose
« dire, je fus égaré, je ne suis

« pas criminel. Je vous en sup-
« plie, révoquez cet arrêt qu'hier
« vous avez prononcé dans la
« colère..... Quoi! demain!—
« Oui, demain. Charles, écou-
« tez-moi : je ne sais pas feindre,
« je vous ai aimé; peut-être je
« vous aime encore. Cet amour
« m'a perdu, cet amour sera pu-
« ni. Je vous éloigne de moi;
« c'est là que commence mon
« châtiment; le ciel sait où il
« doit s'arrêter. Si je n'eusse été
« retenue par un père malade,
« c'est moi qui vous aurais fui;
« j'aurais volé près de cet être
« que j'ai outragé; je lui aurais
« tout dit. » Je fis un geste d'effroi. « Oui, tout, poursuivit-elle

« avec véhémence. Mais il re-
« viendra, je lui ferai un horri-
« ble aveu, et prosternée à ses
« genoux, j'attendrai qu'il me
« relève ou me foule aux pieds. »
Épouvanté à cette image : » Eh
« quoi ! m'écriai-je, en sacrifiant
« volontairement votre bonheur,
« avez - vous donc le droit de
« sacrifier celui d'un époux ? Vous
« l'aimez, et d'un seul mot vous
« allez détruire sa tendresse pour
« sa femme, son attachement
« pour un ami ! — Quel ami !
« grand Dieu. Selon vous, je
« devrais recevoir des caresses
« dont je suis devenue indigne,
« y répondre par des caresses per-
« fides, et tromper mon mari
« une seconde fois ! Non, c'est trop

« de la première. — Catherine,
« il est des aveux funestes, il est
« des secrets nécessaires, et le
« ciel accorde au repentir un
« pardon que les hommes lui re-
« fusent. — Non, Charles, je ne
« cherche pas ce pardon ; je de-
« mande, je poursuis ma con-
« damnation, et je l'obtiendrai,
« puisque je l'ai méritée. »

Comme elle achevait ces mots,
nous sortîmes de l'avenue pour
arriver sur le grand chemin. Je
lui montrai la place où la voiture
qui m'avait amené, s'était arrêtée,
pendant que mon conducteur
allait solliciter la pitié en ma faveur. « Vous le savez, dis-je,
« alors j'étais déchiré par la
« douleur, dévoré par une fièvre

« brûlante; eh bien, je l'atteste,
« dans cet état, j'étais moins
« malheureux qu'en ce moment.
« — Je le crois; vous étiez in-
« nocent, et vous ne l'êtes plus.
« Et moi aussi j'étais malheu-
« reuse; mais j'accusais le des-
« tin; aujourd'hui je n'accuse
« que moi seule. Dieu me voit, et
« il fera justice. Vous recevez
« votre punition, et j'attends la
« mienne. »

Tout à coup, nous aperçûmes
sur la route une voiture d'une
forme extraordinaire, marchant
avec lenteur; elle était décou-
verte; on voyait au milieu une
espèce d'estrade couverte d'une
draperie noire. Quatre Cosaques

marchaient de chaque côté, à la hauteur des portières, et tous portaient leurs lances renversées.

Nous nous arrêtâmes, regardant avec surprise ce lugubre équipage, quand un homme à cheval, qui marchait en avant, quitta tout à coup le grand chemin, et courut à toute bride à travers champs, se dirigeant vers le château par la voie la plus directe. La dame avait les yeux fixés sur la voiture, en sorte qu'elle ne s'aperçut pas de cette circonstance. Julie, qui s'était rapprochée de nous, me fit signe de m'arrêter, et pendant que sa maîtresse était en avant de quelques pas : « Monsieur, dit-elle

3. 17

« à voix basse, je suis bien trom-
« pée si cet homme à cheval
« n'est pas le valet de chambre
« de mon jeune maître ; je crois
« le reconnaître. « Je fus effrayé
à ces mots, et sans avoir encore
aucune idée fixe, je rejoignis Catherine et la pressai de revenir
sur ses pas. Mais poussée par une
inquiétude vague, ou plutôt en-
traînée par la fatalité, ce fut moi
qui fus forcé de la suivre. Elle
s'avança avec précipitation, et
d'un geste impérieux elle ordonna au cocher d'arrêter. Son
extérieur, sa mise, annonçaient
assez son rang, et par l'effet de
cette soumission de tout Russe
envers ceux qu'il croit ses supé-

rieurs, le cortége s'arrêta à l'instant. Un prêtre, revêtu de ses longs habits, était sur le devant de la voiture; il tenait un livre à la main, et récitait des prières à voix basse. La dame, s'adressant à lui, demanda d'un ton d'autorité ce que c'était que cet équipage, et ce qu'il conduisait. Il ne répondit pas, et montrant de la main des caractères tracés en lames d'argent sur la draperie, il continua ses prières. L'inscription était en langue russe; peut-être aurais-je pu en détourner les regards de ma compagne si j'en eusse connu le sens; je ne le sus que trop tard. Elle portait : *Le 8 septembre 1813, à cinq heures*

du matin, le colonel comte de ✳✳✳
a péri glorieusement en com-
battant pour sa patrie. A peine
Catherine eut-elle jeté les yeux
sur ce fatal écrit, qu'elle jeta un
cri affreux; d'horribles convul-
sions la saisirent, et elle tomba
à mes pieds, sans connaissance.

Quel spectacle! grand Dieu.
Cette jeune femme, parée de tous
les trésors de l'amour, riche de
tous les dons de la fortune, elle
était là, se débattant dans la
poussière. Hors de moi, je me
précipitai vers elle; je la serrais
avec force entre mes bras, je lui
prodiguais les noms les plus tendres qu'heureusement personne,
hors Julie, ne pouvait compren-

dre. La pauvre fille, à genoux près de sa maîtresse, versait des torrens de larmes, et s'efforçait avec moi de la rappeler à la vie : pendant plus d'une heure, nos soins furent sans effet. Enfin elle ouvrit les yeux, et fixant sur nous des regards troublés « Eh « bien! pourquoi pleurez-vous? « Le voilà... oui....le voilà.... « il m'est rendu. Nous allons « rentrer ensemble.... il ne me « quittera plus.... O que mon « père sera heureux de nous re- « voir tous deux!» Et des larmes qu'on aurait cru celles du bonheur coulaient de ses joues. « Charles, donnez-moi la main « que je monte à côté de lui....

« Vous ne voyez pas qu'il me fait
« signe d'approcher?.... Mais,
« pourquoi a-t-il des taches de
« sang sur la figure? moi-même
« je veux les essuyer. » Elle voulut se lever, et les forces lui
manquant, elle retomba en pous-
sant un long gémissement. Julie
me regardait avec effroi. « Ma-
« dame, dit-elle, ... vous souffrez.
« — Moi! souffrir... pourquoi? »
Et elle se mit à rire aux éclats.
Oh! quel mal me firent ces rires
cruels! « Madame, appuyez-vous
« sur monsieur, sur moi, et re-
« gagnons bien vite le château
« par ce petit sentier. » En même temps nous la relevâmes avec
effort. Mais aussitôt qu'elle fut

en position de marcher, elle courut vers la voiture, y monta avec une vivacité que je n'aurais pas soupçonnée, et elle se plaça à côté du vieux prêtre. Julie s'apprêtait à la suivre : « Éloignez-« vous, dit-elle avec force, éloi-« gnez-vous tous deux. J'ai be-« soin d'être seule avec lui, j'ai « tant de choses à lui dire! » En même temps elle fit signe au cocher d'avancer, et l'équipage se remit en marche. Julie avait appris au vieux pope le nom de sa maîtresse, et elle l'avait recommandée à ses soins. Ma présence étant inutile pour l'instant, je pris avec elle le sentier qu'elle avait indiqué, et je me hâtai de

me rendre près du comte, me
retournant à chaque pas pour ne
perdre pas de vue ce triste con-
voi. C'est alors que j'appris la
signification de ces caractères
dont la lecture avait produit un
si cruel effet. La date me fit frissonner, et prêt à m'évanouir
moi-même, je fus forcé de m'arrêter un moment. Enfin j'arrivai
près du comte; le valet de chambre était avec lui; j'éprouvai une
sorte de soulagement en l'aper-
cevant, par l'idée qu'il savait
tout.

En effet, dès qu'il me vit:
« Eh quoi! dit-il, un rayon du
« ciel l'avait éclairée, c'est elle
« qui avait raison! Hélas! faut-il

« donc que sur le bord de ma
« tombe j'apprenne deux fois la
« mort d'un être au printemps
« de sa vie! » Mais ramené bientôt à sa plus forte pensée : « En
« quel état est ma malheureuse
« fille?—Sa tête est en désordre,
« et je crains tout du transport
« qui l'agite.... Il faudrait qu'un
« médecin habile.... » J'eus à
peine prononcé ce mot, qu'un
serviteur fut appelé; il reçut
l'ordre de courir, en toute dili-
gence, chez un célèbre docteur
allemand qui habitait à dix lieues
de là, et il lui fut enjoint de ne
pas revenir sans lui.

Bientôt le bruit du cortége se
fit entendre. « Allez à sa rencon-

« tre, dit le comte, et l'amenez
« près de son père désolé. » J'y
volai. En quel état je la trouvai !
grand Dieu. Cette énergie d'un
moment, qui lui avait prêté des
forces, avait disparu : elle n'était
pas évanouie, mais elle ne pouvait même pas soutenir sa tête,
qui retombait sur sa poitrine ; et
si le vieux prêtre ne l'eût retenue
par le milieu du corps, elle fût
tombée de la voiture.

Je traversai la foule des serviteurs, déjà instruits du malheur
de leur maître ; tous étaient à genoux, et ils poussaient des cris
de désespoir. Je m'avançai en
toute hâte, je pris la dame
dans mes bras, et d'un pas rapide,

je la portai près de son père. Dès
qu'elle le vit, elle versa les premières larmes; et j'eus un moment
l'espoir que sa douleur, suivant
le cours ordinaire de la nature,
s'affaiblirait avec le temps : je
m'étais trompé. Aussitôt qu'elle
eut la force de lever la tête, le
premier objet qui frappa ses
regards fut ce fatal papier qui
était encore à la glace. Sans
parler, elle nous le montra du
doigt; puis se précipitant aux genoux de son père : « Pardonne,
« pardonne à une infortunée,
« dit-elle d'une voix entrecoupée
« de sanglots, pardonne lui avant
« qu'elle meure! » Le comte la
releva, il la fit asseoir à ses côtés,

et par de douces caresses, il s'efforçait de calmer cette âme troublée. Mais tout à coup, saisissant le bras de Julie qui était présente à cette scène, d'un pas chancelant elle courut s'enfermer chez elle. Son père me fit signe de la suivre; craignant d'obéir, je restai en arrière, et m'arrêtant devant cette porte que jamais je n'aurais dû franchir, je fis signe à Julie de venir me donner des nouvelles de sa maîtresse. Comme il arrive toujours en telle situation, elle était devenue ma confidente, sans que je l'eusse voulu, et le besoin que j'avais d'elle me força de souffrir qu'elle prît ce rôle.

Qu'on juge de mes souffrances

pendant cette nuit. Poursuivi
par l'image de ce char funèbre,
déplorant la perte d'un être que
je chérissais, malgré mon indignité envers lui; vainement je
me répétais que le coup dont une
victime de la guerre avait été
frappée n'était pas mon ouvrage;
je ne songeais qu'en frémissant à
cette époque si fatale aux deux
époux; et cet étrange rappro-
chement entre la faute et le malheur me donnait l'horreur de
moi-même.

Des heures entières s'écoulèrent dans ces réflexions désespérantes. Combien de fois j'osai
me traîner jusqu'à cette porte
que je ne voyais qu'avec terreur!

Là, prêtant une oreille attentive,
j'entendais tour à tour des gémissemens sourds, des cris écla-
tans ; et toujours les pas précipi-
tés des femmes faisaient trop
connaître que là tout était agitation et désordre.

A l'approche du jour, je ren-
trai chez moi pour qu'on ne
m'aperçût pas dans un lieu dont
je ne devais pas approcher. Je
marchais à grands pas, attendant
avec une anxiété mortelle les
effets de cette nuit si longue et si
cruelle ; j'étais désespéré de ne
point voir Julie, enfin elle arriva. Elle voulait parler, et les
pleurs étouffaient sa voix ; enfin,
levant les mains au ciel : « Ah !

« monsieur, quelle nuit horrible!
« Délire, évanouissemens, con-
« vulsions effrayantes, elle a
« tout éprouvé. En ce moment,
« affaissée par tant d'accès répé-
« tés coup sur coup, elle est
« dans une sorte de léthargie que
« l'on prendrait pour le dernier
« sommeil. O ma pauvre maî-
« tresse ! »

En ce moment, une voiture qui
entra rapidement nous annon-
ça l'arrivée du docteur; je craignis de me montrer; Julie courut à sa rencontre, et le conduisit
à l'instant chez sa maîtresse,
après l'avoir instruit, en peu de
mots, de sa situation. J'allai chez
le comte, que je trouvai déjà levé.

Dès qu'il m'eut aperçu : « Eh
« bien ! monsieur, je songeais
« hier qu'à pareille heure, vous
« deviez nous quitter. Je m'affli-
« geais de cette séparation ; j'é-
« tais loin de prévoir que, dans ce
« court intervalle, une horrible
« catastrophe dût écraser mes en-
« fans. Que n'êtes-vous parti un
« jour plus tôt ! vous eussiez em-
« porté l'idée d'une famille heu-
« reuse, et vous ne conserverez
« que celle d'un vieillard déses-
« péré. » Je m'efforçai de lui
rendre de l'espoir en vantant la
science profonde des médecins
allemands, dont tant de fois j'a-
vais entendu faire l'éloge. Il se-
coua la tête : « Je suis loin de la

« nier cette science, dit-il,
« quoique j'en aie éprouvé peu
« d'effet : puisse-t-elle être plus
« efficace aujourd'hui ! »

Un quart-d'heure s'écoula
dans une attente mortelle; enfin
le docteur entra. Le comte, d'un
regard avide, semblait vouloir
pénétrer sa pensée avant qu'il
l'eût exprimée, tandis que, forcé
à plus de réserve, je cherchais
sur les traits du comte même
l'impression qu'il aurait reçue.
Cette première épreuve me fit
frémir. Après un moment de silence. « Monsieur, dit le méde-
« cin, s'il est pénible de détruire
« des espérances légitimes, il
« serait criminel d'en donner de

3.   18

« mensongères : la jeune dame
« est atteinte d'une maladie mor-
« telle ; un miracle seul pourrait
« la sauver. »

Accoutumé, comme tous les
êtres puissans, à voir tout fléchir
sous sa volonté, le vieillard s'ir-
rita : « Docteur, vous ne me
« persuaderez jamais qu'on soit
« sans ressources à vingt ans ; et
« plutôt que de m'en prendre à
« la nature, j'accuse votre art,
« ou l'emploi que vous en fai-
« tes. — Monsieur le comte,
« reprit le docteur avec gravité,
« notre art seconde quelquefois
« la nature, il ne change pas sa
« marche ; il peut avoir quelque
« effet sur le corps, il n'en a pas

« sur l'âme, et lorsque ces deux
« principes de la vie sont atta-
« qués à la fois, lorsqu'ils agis-
« sent l'un sur l'autre avec une
« violence toujours croissante,
« tous nos efforts sont vains. Je
« ferai ce qui sera en mon pou-
« voir; mais je ne réponds de
« rien. — Courez, volez, ne
« perdez pas un seul moment, et
« ne la quittez que pour me ren-
« dre compte de son état. »

Ce n'était pas assez de ces dou-
leurs : une solennité imposante
se préparaît. Le corps de l'infor-
tuné colonel avait été déposé dans
la plus grande salle du château,
où chacun vint prier à son tour.
Plusieurs prêtres avaient été ap-

pelés en hâte de toutes les parois-
ses du canton ; et l'Église grecque,
si pompeuse dans ses cérémonies,
s'apprêtait à rendre avec éclat
les honneurs funèbres au grand
seigneur et au guerrier. J'en
fus le témoin désolé. « Oui,
« me disais-je, combien il est
« digne d'envie celui qui échap-
« pe aux tourmens de l'existence
« par une mort glorieuse ! On
« déplore sa perte, et il jouit en-
« fin de la tranquillité. Le ciel
« lui accorde la remise de ses
« fautes pour prix d'un sacri-
« fice généreux, et sur la terre,
« une larme de l'amitié, une
« page dans l'histoire, voilà sa
« récompense. »

Ces tristes devoirs remplirent la plus grande partie du jour; le reste devait être pire. Je trouvai le comte dans une situation digne de pitié. « Monsieur, me dit-il,
« je me suis fait porter près de
« cette pauvre victime; je suis
« resté une heure entière avec
« elle. Dans le désordre de ses
« idées, elle passait rapidement
« de l'illusion à une affreuse vé-
« rité. J'ai entendu des choses
« étranges. Elles partent d'une
« source trop confuse pour que
« la conviction doive s'en sui-
« vre; mais, en tout ceci, ceux
« qui pourraient avoir des re-
« proches à se faire seraient bien
« à plaindre. » Changeant tout à

coup de sujet, il ne me parla plus
que de l'état de sa fille; puis il
s'écria en joignant les mains :
« Grand Dieu! si c'est justice,
« que cette justice soit donc pour
« tous! — Oui, dis-je avec vé-
« hémence, cette justice sera la
« même pour tous, ou plutôt
« celui qu'elle paraîtrait avoir
« épargné serait le plus mal-
« heureux. »

Il allait répondre, lorsque nous
vîmes entrer le cortége des prêtres
venant rendre leurs hommages,
avant leur départ; je ne crus pas
devoir assister à cette entrevue,
et je saisis l'occasion d'échapper
à un entretien que je ne pouvais
plus soutenir.

Je trouvai le médecin à la porte;
il s'apprêtait à entrer, je l'arrêtai
en lui disant que les popes étaient
là pour prendre congé. « Et pour-
« quoi prendre congé? dit - il
« froidement; ils n'ont encore
« rempli que la moitié de leur
« ministère. C'est à moi de me re-
« tirer. — C'en est fait! m'écriai-
« je, elle est morte! — Non,
« mais tous les remèdes sont sans
« effet, ou plutôt ils précipitent
« sa fin; il est impossible qu'elle
« passe la nuit; et jusqu'à cet
« orage qui gronde dans le loin-
« tain, tout semble se réunir pour
« hâter encore sa destruction.
« Mais quoi! vous pâlissez; vous
« êtes prêt à vous évanouir. Sans

« doute cet événement est fort
« triste ; mais, après tout, ce n'est
« pas plus votre faute que la
« mienne, et vous devez montrer
« plus de courage. » En même
temps, il me prit par le bras pour
me conduire chez moi, et après
m'avoir fait respirer quelques sels,
il alla chez le comte pour le préparer à la dernière nouvelle.

J'étais immobile à la place où
il m'avait mis ; j'y restai long-
temps sans idées, sans réflexions,
et frissonnant au moindre bruit
que j'entendais dans la galerie.
Tout à coup je vis entrer Julie.
« Suivez-moi, dit-elle à voix
« basse. » Il était nuit : par une
porte de dégagement, elle me fit

entrer dans ce même boudoir où,
il y avait à peine un mois........
Je revis ces lieux avec horreur.
Hélas! ce cœur alors agité de
toutes les palpitations de l'a-
mour, ce cœur était brisé par
la douleur. Je restai seul pendant quelques minutes; Julie re-
parut : « Ma maîtresse vient de
« passer une heure avec ce vieux
« prêtre que vous avez vu. Après
« avoir rempli les devoirs de sa
« religion, elle éprouve un ins-
« tant de calme, triste avant-
« coureur d'un horrible évé-
« nement. Elle-même en juge
« ainsi; et elle désire vous voir
« encore une fois. Pour un ins-
« tant, j'ai écarté ses femmes.

« Suivez-moi ; surtout soyez maî-
« tre de vous-même, et craignez
« de provoquer une crise qui
« serait la dernière. »

J'entrai d'un pas chancelant. Je
croyais la trouver couchée ; mais,
par l'effet de cette disposition
secrète qui semble forcer au dé-
placement un jeune être près de
sa fin, elle avait voulu qu'on la
levât. Elle était étendue sur une
chaise longue. Sa parure était
soignée ; ses cheveux, ses beaux
cheveux étaient seuls en désordre.
Je m'approchai ; elle leva péni-
blement la tête, et me fit signe de
m'asseoir près d'elle. Julie voulut s'éloigner de quelques pas,
elle la rappela. Puis d'une voix

faible : « Charles, je vous vois
« avec plaisir.... oui, avec plai-
« sir...... » J'allais parler ; elle
m'arrêta : « Contenez-vous ; crai-
« gnons des émotions trop fortes
« pour tous les deux....... Vous
« pleurez..... Moi je n'ai plus de
« larmes..... » Elle prit des ci-
seaux qui étaient près d'elle sur
une petite table, et coupant une
boucle de ses cheveux, elle me la
donna en disant : « Tenez, ils
« vivent encore. Gardez - les ;
« pensez quelquefois à moi, et
« soyez heureux...... Vous devez
« l'être, j'ai acquitté la dette de
« tout le monde. »

Entraîné par l'excès de la douleur, je me précipitai à ses genoux,

et saisissant sa main.. «Heureux!
« dites-vous.... Catherine, vous
« me tuez! » A peine j'eus touché
cette main, qu'elle fit un cri d'effroi; ses yeux se troublèrent. Elle
voulut se lever pour fuir, et sa
faiblesse la fit retomber à sa place.
Puis d'une voix déchirante... «Le
« voilà...... Il me poursuit......
« Comment échapper?.... Oh!
« viens, viens au secours de ta
« malheureuse épouse! » Déjà la
voix des femmes se faisait entendre dans la chambre voisine,
elles allaient entrer, lorsque Julie,
me saisissant par la main, me fit
sortir avec précipitation de ce lieu,
par la même voie qui m'y avait
conduit. Poursuivi par ces cris

que j'entendais encore, craignant
d'être vu près de cet appartement,
et ne pouvant me résoudre à m'en
éloigner, je fis le tour par les jardins, et vins me placer en face
de cette même chambre. En ce
moment vint à éclater cet orage
dont on était menacé depuis
quelques heures. La pluie tombait
par torrens ; un vent affreux semblait devoir tout renverser, et les
éclats du tonnerre, répétés coup
sur coup, rendaient cette nuit
effroyable. Insensible à ce qui se
passait autour de moi, mon âme
tout entière était fixée sur ces fe-
nêtres qui étaient vis-à-vis de moi.

Les ombres des femmes passant
et repassant rapidement sur les

rideaux me donnaient trop à connaître que là tout était dans la confusion. J'osai lever les bras vers ce ciel de feu, pour implorer sa pitié. Sans doute je ne la méritais pas : un affreux coup de tonnerre fut sa réponse. Au même instant, de longs gémissemens se firent entendre de toutes les parties du château. C'était l'annonce fatale; j'en fus accablé : je restai long-temps à la même place. Après plusieurs heures passées dans cette situation, un serviteur, envoyé par Julie, m'aida à regagner mon logement. Je tombai dans un état d'anéantissement qui dura plusieurs jours.

J'étais au fort de cette espèce

de léthargie, lorsque tout à coup
le château retentit de chants har-
monieux. Mes pensées étaient
trop confuses pour que je pusse
en reconnaître la véritable cause:
mais, soit par une inspiration
secrète, soit plutôt par un effet de
l'imagination s'accordant avec les
objets extérieurs, Catherine m'ap-
parut se présentant devant le
trône de Dieu. Je la voyais comme
au dernier moment; c'était le
même costume; c'était cette figure
céleste, plus touchante encore
que dans son éclat ; c'étaient ces
beaux yeux fatigués de tant de
larmes. La pauvre victime se pros-
terna, attendant l'éternelle sentence. La rigueur de son juge était

épuisée, il pardonna ; et, dans des
chants divins, des chœurs d'anges
proclamèrent sa clémence.

Dirai-je ce qui m'arriva encore
sur cette terre désolée? non : quel
intérêt pourrait - on prendre au
reste d'une existence qui est sans
prix pour moi - même? Je laissai
le comte entouré de parens ac-
courus près de lui sur l'annonce
de son désastre. Je partis comblé
de ses dernières bontés. Au moment que je pris congé de lui :
« Adieu, monsieur, me dit-il ;
« plût à Dieu que jamais nous
« ne nous fussions connus! » Mon
voyage fut pénible, il fut dan-
gereux même. Enfin, je revis la
France. Je retrouvai mes parens,

mes amis; je les retrouvai tous.
Ce fut mon dernier jour de bonheur.

FIN.

OUVRAGES

NOUVEAUX ET AUTRES,

Qui se trouvent chez le même libraire.

Sous presse.

MADAME DE VATAN, par madame de Manssion, pour faire suite aux Quatre Saisons, du même auteur.

Ouvrages de monsieur le Baron de Théis.

VOYAGE DE POLYCLÈTE, ou Lettres romaines; 2ᵉ édit. 2 vol. in-8.　　　　14 fr.
— Le même, papier vélin.　　　　28 fr.
MÉMOIRES D'UN ESPAGNOL; 2ᵉ édit. 3 vol.
in-12, 1825.　　　　9 fr.

Ouvrages qui paraissent par souscription.

PLANTES USUELLES des Brasiliens, par M. Auguste de Saint-Hilaire; in-4, sur beau papier.
Chaque livraison se compose de cinq planches auxquelles est joint un texte d'environ quatre pages par planche. Le prix de chacune est de　　　　5 fr.
Sept livraisons ont paru, et la huitième est sous presse.

CHOIX DE LETTRES ÉDIFIANTES écrites des Missions étrangères, avec des tableaux géographiques, historiques, politiques, religieux et littéraires des pays de Mission : *La Chine* : le Tunquin, la Cochinchine, Siam, la Corée, la Tartarie. — Dans l'*Inde* : le Maduré, le Tanjaour, le Malabar, le Bengale, le Birman, le Mogol, le Thibet, etc., etc. — Au *Levant* : Constantinople, la Grèce, l'Arménie, la Perse, la Syrie, l'Égypte, l'Éthiopie, etc. — En *Amérique* : les États-Unis, le Canada, la Louisiane, la Guiane, le Pérou, le Paraguay, etc., etc. Seconde édition ; 8 volumes in-8, de 5oo pages environ. Prix, le volume pour les souscripteurs,   6 f.

TABLEAUX HISTORIQUES EXTRAITS DE TACITE ; traduction nouvelle, avec le texte en regard, par M. Letellier ; 2 vol. in-8.   12 f.

ANNALES LITTÉRAIRES, ou Mélanges de Littérature, par M. Dussault ; 5 vol. in-8.   35 fr.

ESSAI sur les Rapports primitifs qui lient ensemble la philosophie et la morale, par le chevalier Bozzelli ; 1 vol. in-8.   7 fr.

GUIDE DE L'ARTISTE ET DE L'AMATEUR, contenant le poème de la Peinture de Dufresnoi, avec une traduction nouvelle revue par M. Kératry, suivie des Réflexions de ce dernier auteur, de notes de Reynold, de l'Essai sur la Peinture de Diderot, etc., etc. ; 1 fort vol. in-12. 3 fr. 75 c.

LE CONCILIATEUR, ou Trente mois de l'histoire de France, in-8.   2 fr. 5o c.

RÉPONSES AUX OBJECTIONS élevées contre le système colonial aux Antilles, par B. B. Oshiell ; 1 vol. in-8.   7 fr.

RECHERCHES SUR LES DERNIERS JOURS, et sur les tombeaux des Rois de France, par Berthevin ; 1 vol. in-8.   6 fr.

ESPRIT DES INSTITUTIONS POLITIQUES, par Massabiau ; 2 vol. in-8.   12 fr.

MANUEL DE PIÉTÉ proposé à tous les fidèles, et particulièrement aux jeunes personnes et aux maisons d'éducation ; nouvelle édition, ornée de quatre belles gravures ; 1 fort vol. in-12.   5 fr.

SALON de 1822, par M. A. Thiers ; 1 vol. in-8, orné de cinq lithographies.   3 fr. 5o c.

ARITHMÉTIQUE COMPLÉMENTAIRE, ou Méthode de calculs pour faire, à l'aide des complémens arithmétiques, toutes les opérations sur les nombres entiers ou fractionnaires, et sur les règles qui dépendent des proportions ; 1 vol. in-8. 2 fr.

ANNUAIRE DE L'ÉCOLE FRANÇAISE DE PEINTURE, ou Lettres sur le Salon de 1819, par M. Kératry ; orné de cinq estampes en taille-douce, d'après les tableaux de MM. Girodet, Hersent, Picot, Horace Vernet, Watelet, et, sur les dessins fournis par les mêmes auteurs, gravées par MM. Massard et A. Leclerc ; 1 vol. in-12. 5 fr.

CALENDRIER DE FLORE, ou Études de fleurs d'après nature, par madame Victorine de Chastenay ; 3 vol. in-8. 15 fr.

CHARLES BARIMORE, par M. le comte de Forbin ; troisième édition ; 1 vol. in-8, grand papier vélin, fig. 10 fr.

CHEVALIERS (les) NORMANDS en Italie et en Sicile, et Considérations générales sur l'Histoire de la Chevalerie, etc., par madame Victorine de Chastenay ; 1 vol. in-8. 5 fr.

CONFESSIONS DE MADAME ***, Principes de morale pour se conduire dans le monde ; 2 vol. in-12. 5 fr.

CONFISEUR (le) MODERNE, ou l'Art du confiseur et du distillateur, et en outre les procédés généraux de quelques arts qui s'y rapportent, particulièrement ceux du parfumeur et du limonadier ; ouvrage enrichi de plusieurs recettes nouvelles et mis à la portée de tout amateur, par J.-J. Machet, confiseur et distillateur ; in-8, caractères petit-romain et petit-texte ; quatrième édition. 6 fr.

DIEU EST L'AMOUR LE PLUS PUR, ma prière et ma contemplation, par Eckarthausen, in-16 ; nouvelle édition, ornée d'une jolie grav. 2 fr.
—Le même, papier vélin. 4 fr.

DISCOURS ET DISSERTATIONS LITTÉRAI-

RES sur différens sujets, par M. l'abbé Moussaud ;
1 vol. in-8. 5 fr.

DOCUMENS POUR SERVIR A L'HISTOIRE
DE FRANCE, en 1820, par M. Kératry; in-8,
quatrième édition. 2 fr. 50 c.

ÉQUILIBRE (de l') DU POUVOIR EN EUROPE,
traduit de l'anglais de M. Gould Francis Leckie,
par W.; 1 vol. in-8. 6 fr.

ESSAI HISTORIQUE SUR LE RÈGNE DE
CHARLES II, par Jules Berthevin, pour faire
suite à l'Histoire de Cromwell; 1 vol. in-8. 6 fr.

ÉTUDE DU COEUR HUMAIN, suivie de cinq
semaines d'un Journal écrit sur les Pyrénées,
in-12. 2 fr. 50 c.

ÉTUDE SUR LA THÉORIE DE L'AVENIR, ou
Considérations sur les merveilles et les mystères
de la nature, relativement aux futures destinées
de l'homme, par S. C. Turlot; 2 vol. in-8, fig.
10 fr.

EXISTENCE (de l') DE DIEU et de l'Immortalité
de l'âme, par M. Kératry; 1 vol. in-12. 2 fr. 50 c.

FABLES DE MANCINI-NIVERNOIS; 2 vol.
in-8, imprimés par P. Didot, ornés du portrait
de l'auteur. 8 fr.

FABLES NOUVELLES, dédiées à S. A. R. Madame, duchesse d'Angoulême, par M. Jauffret;
2 vol. in-12, fig. 6 fr.
— Les mêmes, papier vélin. 12 fr.

FRANCE (la) telle qu'on la faite, ou Suite aux
documens pour servir à l'intelligence de l'Histoire
de France, en 1820 et 1821, par M. Kératry;
2e édit., 1 vol. in-8. 4 fr.

PARIS. — IMPRIMERIE DE C
RUE DE LA VIEILLE-MONNAIE, N°